天保悪党伝

新装版

藤沢周平

角川文庫 16842

目次

初出
蚊喰鳥　月刊カドカワ　一九八五年六月号
闇のつぶて　月刊カドカワ　一九八五年七月号
赤い狐　野性時代　一九八九年一月号
泣き虫小僧　野性時代　一九九〇年十月号
三千歳たそがれ　野性時代　一九九一年五月号
悪党の秋　野性時代　一九九二年一月号

単行本　一九九二年三月三十一日初版、小社刊
文庫　一九九三年十一月十日初版、角川文庫刊
本書は、右記角川文庫を改版したものです。

蚊喰鳥《かくいどり》

天保六花撰ノ内・直侍

一

高瀬という小旗本の屋敷の潜《くぐ》りから外に出ると、片岡直次郎《かたおかなおじろう》は両手を空にさし上げてあくびをした。ついで、凝っている左右の肩を交互に動かしてから歩き出した。

——さて……。

これからどうしたものかな、と思ったが、いい考えはうかんで来なかった。夜通し気を張って博奕《ばくち》を打ったので、身体のあちこちが痛く、頭の中に綿でも詰まっているようにぼうっとしている。

歩きながら直次郎は顔をしかめた。あそこでよせばよかったんだ、と昨夜の博奕を後悔している。

昨日の昼過ぎ、直次郎は浅草の奥山に行った。金がなくて、もう半月も吉原《よしわら》にご無《ぶ》沙汰《さた》していた。吉原の妓楼《ぎろう》大口屋には、深く馴染《なじ》んだ三千歳《みちとせ》という花魁《おいらん》がいて、直次郎は三千歳はどうしているだろうと思うと、気持が煮え立つように焦って来る。

昨日も、居ても立ってもいられなくなって家をとび出すと、悪仲間の兄貴分、河内《こうち》山宗俊《やまそうしゅん》をたずねたが、河内山は留守だった。仕方なく浅草まで来て、金を貸してくれそうな知った顔はいないかと楊弓場《ようきゅうば》をのぞいているうちに見つかったのが通称馬の沓《くつ》、本名は大川鉄蔵という男だった。鉄蔵は女房連れで楊弓を射ていた。

鉄蔵はもとは下谷《したや》御切手町《ごぎってちょう》で煮売酒屋をしていて、御家人株を買って黒鍬者《くろくわもの》になった変り者である。よくあちこちの賭場《とば》で顔が合い、また下谷練塀小路《ねりべいこうじ》の河内山の家でも会う男で、黒鍬の株を買ったのは悪事に役立てるためだといううわさがあった。直次郎は鉄蔵を得体の知れない男だと思っていた。

げんに、まきという女房が一緒で、勤めもそっちのけで昼日中《ひるひなか》から弓を引いているなどは、自分を棚に上げて言えば、十二俵一人扶持《いちにんぶち》の黒鍬者がやることじゃないと、直次郎は思った。

しかし鉄蔵は、得体の知れないところはあるものの、顔見知りだった。金もありそうである。直次郎はいくらでもいい、貸してくれねえかと掛け合ってみた。ところが、だめでもともと思ったのに、鉄蔵は直次郎がそう言うと浅黒い面長の顔をろくに上げもせずに、懐から財布をひっぱり出し、無造作に一分銀を四つわたしたのである。鉄蔵はそのまま直次郎を見もせずに、物乞《ものご》いを追う手つきで行けと手を振り、女房は女房で馬のように大きく丈夫そうな歯を見せて笑い、ほかに客もいるのに「直さん、その金は出世払いでいいよ」と大声でわめいたのに、直次郎はいたく傷ついたが、一両あれば三千歳の顔を見るぐらいのことは出来そうだった。銀四つをにぎりしめていそいで楊弓場《ようきゆうば》を出た。

だが外に出ておもいがけない上首尾を嚙《か》みしめているうちに、思案が変った。

直次郎は大口屋の花魁《おいらん》三千歳と深く契っていたが、身分はといえば八十俵取り御鳥《おとり》見《み》の御家人である。しかも将軍家の御狩場を巡視する役目をきちんと勤めれば、ほかに五人扶持の野扶持と十八両の伝馬金《でんまきん》をもらえるものを、勤めをほうり出して悪い遊びに耽《ふけ》ってばかりいるので、所帯むきが苦しいことは言うまでもなく、その上組頭《くみがしら》ににらまれてようやく首の皮一枚で御家人身分につながっているという有様になっていた。

つまりは、どこからみても人気のある吉原の花魁の馴染《なじ》み客という柄ではなく、ごく稀《まれ》に博奕《ばくち》がつきまくってあぶく銭に恵まれたなどということはあるものの、会えば大ていはかかり費用のすべてが三千歳の持ち出しになるのである。

しかもその三千歳は、男ぶりがいいというだけで金も力もない悪御家人にまるで魅入られたようになって、ほかの馴染み客に無理を言って金を引き出しては、二人の密会の費用をまかない、その上直次郎の博奕の元手まで貢ぐという有様なので、大口屋では直侍《なおざむらい》の名前は蛇蝎《だかつ》のように嫌われた。

嫌っただけでなく、この春先になって大口屋ではとうとう直次郎の登楼をきびしくことわって来た。おはきものとか、せくとかいう処分である。というのも三千歳は、近ごろは馴染みとも言えない客にまで金の無心を言いかけるようになったので、これでは店の名に傷がつくと大口屋では心配したのである。

直次郎は登楼出来なくなった。今度行くときはよほどの自前の大金を持たなくては、大口屋の玄関を上がらせてもらえまい。むろんそれで三千歳に会う手段がまったく断たれたわけではなく、仲《なか》の町《ちょう》の引手《ひきて》茶屋虎屋に行けば、三千歳を呼び出してもらうことは出来る。

だが直次郎はその虎屋にも借金があった。敷居が高かった。それにひさしぶりにたずねるおれが、後生大事ににぎっているのがたったの一両と知ったら、三千歳は喜ぶよりも情ないとは思わないだろうか。

――行くのは、無理だ。

と、そのとき直次郎は思ったのだ。懐がさびしいほど見栄《みえ》を張る気分は、むしろ強かった。大川鉄蔵から銀四つをせしめたときの昂揚《こうよう》した気分はさめて、直次郎は今度はひどくみじめな気持になったが、浅草寺《せんそうじ》の境内を出るころには考えはまた変っていた。

――この一両をタネに……。

吉原に行く金を稼いでやろうじゃないかと思ったのである。直次郎は大いそぎで天神下の組屋敷にもどると、内から鍵《かぎ》をかけて留守をよそおい、夜の五ツ（午後八時）過ぎまで眠った。そして目覚めて茶漬けを一杯腹に入れると、高瀬の屋敷まで走ったのだが……。

――引き揚げどきを間違えた。

と直次郎は思っている。

九ツ（午前零時）を過ぎたころにツキが来て、直次郎の持ち金は、一挙に七両に膨れた。大口屋の玄関から乗りこむというわけにはいかないが、虎屋まで行って三千歳を呼び出してもらうには十分な金だった。

だが直次郎の頭の中では、三千歳に惹《ひ》かれる気持と博奕に惹かれる気持が、頭が二つある蛇のように嚙《か》み合って、あげくに相手を喰《く》い殺してしまうのだ。そのときは博奕のおもしろみに溺《おぼ》れて、三千歳のことを忘れた。十両になったら引き揚げようと思ったが、それは口実にすぎなかった。十両になれば、またべつの口実を見つけて勝負をつづけたに違いなかった。

ともかく懐はすっからかんで、残ったのは疲れと睡気とすきっ腹だけだった。上野の花が咲きそろって、山が花見客でにぎわったころは意地わるく雨の日がつづいたりしたのに、花が散って葉桜の季節に移ったここ数日は、雲ひとつない晴天がつづいている。

青い空を見上げたが、直次郎は斜めに町にさしこんで来る日の光がまぶしくて、すぐ顔をうつむけた。目が痛かった。朝が早いので、空気は澄んでいくらか湿っている。寺と武家屋敷だけがつづく町はまだ固く門を閉じていて、道には人影がなく、歩いているのは直次郎一人だった。

応徳寺前の通りに出ると、ようやくちらほらと通行人の姿が見えて来た。職人姿の男や通い勤めと見える若い女などが、いそぎ足に歩いている。応徳寺の並びの泰宗寺の前には、門前を掃き清めている寺男らしい中年男の姿も見えた。

直次郎は立ちどまった。まだ気持を決めかねていた。懐中一文なしで、頭の中は依然として脳味噌《のうみそ》のかわりに綿が詰まっているようである。まっすぐ天神下の組屋敷にもどって、寝床にもぐりこむのが利口だとはわかっていた。だが敷き放しの饐《す》えた匂《にお》いがする万年床を思いうかべただけで、気持が滅入《めい》って来る。

そして一方に、こうしてはいられないという焦りが首を擡《もた》げて来ていた。博奕《ばくち》の狐が落ちて、今度は三千歳恋しさが募って来たのである。三千歳は小股《こまた》が切れ上がって、姿のいい女である。腿《もも》も脛《すね》も長かった。長くて肉づきのいい三千歳の腿が目にうかんで来て、直次郎は泣きたくなる。

すぐ前を通りすぎて行った二人連れの年増が、行きすぎてしばらくしてから直次郎を振りむいた。道ばたにいい男がいると思ったのだろう。直次郎は中背だがすっきりした細身で、姿のいい男である。無腰《むごし》で遊び人のような身なりをしているが、さんざん吉原で遊んだ男だけに無造作ななりにもどことなく粋な感じがまつわりついている。さかやきがのび、寝不足の青白くこけた頰《ほお》をしているので、よけいにいい男に見えたかも知れない。

振りむいた女たちは、直次郎と目が合うとあわてて顔をそむけ、くすくす笑ってお互いをつつきながら遠ざかって行った。そのうしろ姿を、しばらく険しい目で見送ってから、直次郎はようやく決心がついて道を横切った。泰宗寺の横の道から、応徳寺裏に回る。そのまま西に行くと御徒《おかち》や御先手《おさきて》の組屋敷があるところに出るが、直次郎はそっちには近づかないで、宗延寺という寺の門をくぐった。

そのまますたすたと境内を抜けて、裏の山崎町《やまざきちょう》に出た。何度も通りなれた抜け道である。本堂の前を掃いていた小坊主が、手を休めて咎《とが》めるような目で見送っていたのも無視した。

直次郎は嘉右衛門店《かえもんだな》という裏店《うらだな》の木戸をくぐると、一軒の家の戸をあけてなかに声をかけた。返事がして正面の障子をあけたのは、十五、六かと思われる娘である。顔はやや丸顔だが、さえざえと光る目とふっくらした唇がかわいい娘は、直次郎を見ると露骨に顔を曇らせた。

「兄《あに》さんはまだもどってねえかい」

と直次郎は気づかないふりで言った。

「まだです」

「便りもねえのか」

「ええ」

「そうかい、そいつは困ったな」

直次郎は土間に立ったまま、あごを掻《か》いた。目の前に迷惑そうな顔で坐《すわ》っているのは、悪仲間のくらやみの丑松《うしまつ》の妹である。

丑松は腕のいい料理人だが、やはり博奕《ばくち》に魅入られて身を持ち崩した男だった。世の中一寸先はくらやみよ、と言うのが口癖で、生来の短気からひとを傷つけて、いまは他国を流れている。江戸から姿を消して一年ぐらいは経《た》つだろう。もしや丑松が帰ってはいないかと、思いついて寄ったのだが無駄だったようである。

「おっかさんのぐあいは相変らずか」

言いながら、直次郎はひくひくと鼻を動かした。台所から味噌汁《みそしる》のいい匂《にお》いがして来て、すきっ腹を刺戟《しげき》する。

丑松の母親は、目が弱って物の形がぼんやりとしか見えず、その上足腰が痛むとかで寝たり起きたりしていた。

「ええ、おんなじです」

妹は相変らず迷惑そうな顔で、にこりともせずに言った。玉という名前である。

「それで、お玉ちゃんはずっと浅草のお茶屋で働いているわけか」

「はい」

「感心なもんだ」

直次郎はほめたが、玉はうつむいたまま、むっつりしている。早く帰ってもらいたいという表情がありありと見えるのは、直次郎と兄の丑松がどういう仲間であるかをよく知っているのだろう。

　これじゃ退散するしかねえな、と思ったとき、また味噌汁の香が強く匂って来て、直次郎は思わず唾《つば》をのみこんだ。

「お玉ちゃん、飯が残ってねえかい」

「…………」

「いや、ゆうべ茶漬けを一杯喰《く》っただけで、朝飯をまだ喰ってねえんだ。ここの家の味噌汁があんまりうまそうに匂うもんで、もし飯があったら汁かけ飯を一杯馳走《ちそう》してもらえねえかと思ってな」

　玉は黙って直次郎を見ていたが、ちょっと待ってくださいと言うと部屋に引っこんだ。ぼそぼそと話し声がきこえるのは、母親に相談しているのだろう。

　玉はすぐに出て来た。

「それじゃ、支度しますから上にあがってください」

「いや、いや。ここでいいんだ、ここで。大層なことはいらねえよ。汁かけ飯を喰わしてくんな」

　直次郎はいそいで上がり框《がまち》に腰かけた。とたんにはずかしいほど大きな音をたてて、腹が鳴った。

「お玉ちゃんの勤めは何刻《なんどき》に出るんだい」

腹の音をさとられまいと、直次郎は台所に立った玉に大声で話しかけた。

「四ツ（午前十時）です」

「そうかい。じゃ、朝はゆっくりだ」

「はい」

「しかし何だよ」

と直次郎は言った。

「おめえさんも齢《とし》ごろだ。めっぽうきれいになって来たから、男には気をつけた方がいいぜ」

玉は返事をしなかった。よけいなお世話だと思ったに違いなかった。

二

ぐっすり眠ったので、目覚めたときは頭も身体のぐあいもすっきりしていた。だが、直次郎はすぐには起き上がらずに、夜具の上にじっとしている。

——何とかして……。

三千歳に会わなきゃ、と思っていた。皮膚の下の血のいろが透けて見える三千歳のあごのあたりや、白くて長い腿《もも》のあたりを思いうかべると、欲望がはち切れそうに膨らんで来るのを感じる。

三千歳に会う金をつくるためなら、脅《おど》しでも辻斬《つじぎ》りでも何でもやるぞと思ったが、思うだけで一人でそんな荒仕事をやる度胸も腕もないことは、自分が一番よくわかっていた。何かいい手はないかと思いながら、直次郎は饐《す》えた匂《にお》いのする夜具に、身じろぎもせずに横たわっている。

――しょうがねえな。

練塀小路に行って、河内山に泣きついてみよう。最後にたどりついた思案は、結局そういうものだった。直次郎は河内山宗俊にはさんざん世話になっていた。時をえらばず飯を喰《く》わしてもらい、着る物をもらい、金だってこれまでもらった分を数えたら、おそらく五十両をこえる額になるはずである。

河内山は腹の太い男である。金が欲しいと言えば、黙ってくれるのだ。何に使うか、などとわけを聞いたりはしない。しかしそれだけに、女に会う金を工面してくれとは言いにくかった。

――だが、背に腹はかえられねえ。

直次郎は勢いよくはね起きた。窓も戸もしめ切っているので、家の中は夏場のように蒸し暑かった。直次郎は褌《ふんどし》ひとつで台所に立ち、水瓶《みずがめ》をのぞいて柄杓《ひしゃく》をにぎったが、考えてみると十日ほど前に汲《く》んだ水である。気味が悪くて飲むのはやめ、盥《たらい》に水を取って、ざっと身体を拭《ふ》くだけにとどめた。

この組屋敷では、井戸は外井戸である。飲み水は、夜分ひとの気配が絶えたころに汲まなければなるまい。直次郎は着換えると、戸の内で辛抱づよく外の気配を窺《うかが》い、物音がしなくなったところを見はからって外に出た。いそぎ足に組屋敷をはなれた。

暑くなったせいと町の人ごみで、午後の空気は濁っていた。直次郎はまっすぐに御《お》成道《なりみち》まで出ると、埃《ほこり》っぽい人通りにまぎれてしばらく神田《かんだ》のお濠《ほり》の方にむかって歩き、小倉藩《こくらはん》中屋敷の角まで来たところで左に折れて練塀小路にむかった。

河内山は今日は家にいて、縁側近いところに横になり、新造のしづに耳垢《みみあか》を取ってもらっていた。見ると、しづは河内山の頭を膝《ひざ》にのせて、手で抱えこむようにしている。

直次郎は縁側で咳《せき》ばらいをした。

「どうも、お暑いことです」

「おや、片岡さん」

しづは振りむくと、いそいで河内山の頭を膝からはずした。顔が赤くなっている。

「しばらくみえなかったじゃないか」

「ええ。昨日ちょっと参りましたんですが、お二人ともいなかったもので」

「あら、昨日は二人で出かけたから。そりゃわるかったね」

しづは腰を浮かせた。

「お昼は？　まだなんでしょう？」

「毎度、すいません」

「じゃ、何か支度《したく》するから」

しづはそう言うと、そそくさと部屋を出て行った。うしろ姿に旦那《だんな》の河内山と昼日中からいちゃついていたところを見られたテレが出ているのを、直次郎はこの家のご新造らしいやと思いながら見送った。

しづはゆすりやたかりで世を渡っている河内山と暮らしながら、旦那の悪に染まらないところがあった。齢《とし》は四十に近いが、わずかに太り気味の白い肌が若々しく、立居にも表情にもおっとりした品がある。夫婦仲もよくて、河内山が御数寄屋町《おすきやちょう》の家に芸者あがりの妾《めかけ》を置いていることなども、あまり気にする様子でもなかった。よく出来た新造なのである。

もっともそのしづにも、むかしはたしかに河内山の女房にふさわしいこういうことがあったという、少々こわい話も直次郎は耳にしてはいる。

河内山がまだ若いころのことである。河内山の父親宗久は、御成道の白鼠《しろねずみ》横丁に住んで奥坊主の組頭を勤め、家禄《かろく》は五十俵高ながら城勤めの御役扶持《おやくぶち》、大名からのつけ届けと実入《みい》りは多く、裕福に暮らしていた。しかしこの父親が病死して宗俊が跡目をつぐと、若年を理由に小普請《こぶしん》入りを命ぜられた。

河内山の放蕩《ほうとう》がはじまったのは、平の奥坊主としてまだ小普請支配の下にいたときで、城勤めの御役金ももらえない二十俵二《に》人扶持《にんぶち》の身分で博奕《ばくち》を打ち、廓通《くるわがよ》いをするわけだからたちまち家計に詰まった。

その遊びの金を工面するのは、新造のしづである。たびたび本郷一丁目にある高島屋という質屋に通った。

高島屋の亭主五郎兵衛は、三十を過ぎてまだひとり身の男だった。新造のしづが質草を持って金を借りに来ては、そのたびに店先で旦那《だんな》の放埒《ほうらつ》を嘆いて帰るので、いつしかしづに深く同情するようになった。

二人が、旦那の河内山の留守に浅草の観音さまにお参りに行く約束をかわしたのには、それだけの背景があったのである。約束の日、二人は連れ立って観音さまをおがみ、そのあと門前の菜飯を喰わせる茶屋の二階に上がった。

二人が料理を取って酒をのみ、打ちとけて話をしていると、突然に廊下に足音がして部屋の襖《ふすま》があいた。廊下に立っているのは河内山である。河内山はしばらく鋭い目で二人を見ていたが、そのままひとことも声を出さず、襖をしめて行ってしまった。

五郎兵衛が恐怖で茫然《ぼうぜん》としていると、しづが言った。おまえと不義をしたわけではないけれども、こうして一緒にいるところを旦那に見られては百年目だ。もう家に帰ることは出来ないから、不肖ながらおまえの女房にしてくだされ。そう言いながらしづがしなだれかかって来るので、五郎兵衛は腹の底から顫《ふる》え上がってしまった。完全なつつもたせである。

五郎兵衛は、仲介人を立てて河内山に三十両の金で詫《わ》びを入れ、ようやくこの事件にけりをつけた。そのときがおいらのゆすりのはじまりさ、と河内山はあとでひとに話したという。

「どうしたい、片岡」

と河内山が言った。河内山は相撲取りのように白く太った足をあぐらに組んで、すっぱすっぱと煙草を吸いながら直次郎を見ていた。直次郎はあわてて坐《すわ》り直した。

「じつは、ちょいとお願いがありやしてね」

「金かえ」

「へえ」

「いくらいるんだい」

「五両ほど、つごうをつけてもらうと有難えのだが」

「無理だな」

むっつりした口調で言うと、河内山はけむりが出ている煙管《きせる》を左手に持ちかえて、顔を庭にむけた。そして突然にあくびをした。河内山は生気にとぼしいむくんだような顔をしている。

年に何度か、河内山はいまのように水気が切れたようにぼんやりしていることがあった。大概は悪事が種切れになって、その上博奕《ばくち》の方もツキに見はなされたといったようなときで、たずねて来ると河内山はうす汚れた褞袍《どてら》を着て、夫婦で雑炊をすすっていたりする。そんなときの河内山には、悪党なるがゆえにいっそうみじめな気配が、色濃くまつわりついているのだった。

今日はそれほどではないが、何となく不景気な感じはぬぐえなかった。直次郎は失望感に胸が暗くなるのを感じながら、河内山の目を追って庭を見た。ここで金の工面が出来なければ、三千歳には当分会える見込みはなくなる。

庭には濁った日差しがいっぱいに差しこみ、松や黄楊《つげ》の木の奥にある八重桜が、しきりに花をこぼしているのが見えた。うっすらと無精ひげがのびたあごを掻《か》きながら、河内山が目を直次郎にもどした。

「いまは手もと不如意でな。五両どころか、一両も無理だ」

「…………」

「ほかからつごうは出来ねえかい」

「それが……」

直次郎は昨日のいきさつを正直に話した。大川鉄蔵に一両借りて賭場《とば》に行ったが、きれいにむしられたと言うと、河内山は顔をしかめた。

「鉄蔵から借りるのはよせ」

めずらしく強い口調で言った。

「あいつの金は、筋がよくねえ」

「いったい、何をやってるんですか」

直次郎は、かねての疑問を口にしてみた。すると河内山は、おれも残らず知ってるわけじゃねえがと前置きしてから言った。

「ひとつだけはわかってる。女衒《ぜげん》だよ」

吐き捨てるような口調だった。目をみはった直次郎に、うなずいてみせた。

「金貸しで懐があったかい小旗本なんぞに、女を世話しているのだ。うす汚ねえ仕事だ」

「へええ、おどろいたな」

「おまえさん、五両の金を何に使うんだい」

「…………」

「吉原の女か」

「ええ、もうひと月ほども会ってねえもんで」

「ふーん、そいつは辛《つら》かろう」

直次郎が日数のサバを読んだとも知らず、河内山は同情した口をきいた。直次郎は肩をすくめ、足を崩すと膝《ひざ》を抱いてあらぬ方に顔をむけた。そんな恰好《かっこう》をすると、直次郎はいかにも憂愁をひきずって生きている男という感じになるので、女たちはかわいそうがってすぐに寄って来る。始末にわるいことに、本人もよくその効果を心得ていた。

まさか、河内山がそんな手に乗ったとは思われないが、突然に煙管《きせる》をほうり出して腰を浮かせると、河内山はちょいと思いついたところがあると言った。

「外へ出て来るから、飯を喰《く》いながら待ってな」

言い捨てると、河内山は大柄な身体に似合わない身軽な動きで、部屋を出て行った。

三

ちょっと出て来ると言ったのに、河内山が家にもどったのはあらまし一刻《いっとき》（二時間）後、そろそろ七ツ（午後四時）の鐘が鳴るかと思われるころだった。

昼飯を馳走《ちそう》になったが河内山がもどって来ないので、直次郎は退屈して、その間に遊びに来たとんびの与吉、水戸浪人だと言っている三次郎の二人のごろつきを相手に、しづに出してもらった花哥留多《はながるた》を引いていた。むろん賭《か》ける金はないから、ただの遊びである。

そこに帰って来た河内山は、おまえらは奥に行って遊びなと、ふだん賭けごとに使う部屋に与吉と三次郎を追いやり、直次郎の前にどっかりと坐《すわ》った。

「片岡よ、犬もあるけば棒にあたるだぜ」

そう言った河内山の顔は、さっきまでの半分眠ったような気配はどこへやら、脂ぎってぎらぎら光っている。眼光も鋭く変って、まるで別人のようだった。

何かうまい話があったらしいと、直次郎にはぴんと来た。うまい話というのは、むろん儲《もう》けがからむ悪事のことである。この種の悪事ほど、河内山をいきいきと活気づかせるものはない。

「道に、小判《こばん》包みでも落ちてましたかい」

「バカ言いな」

河内山は笑ったが、ちょいと首をかしげるとまじめな顔になった。

「いや、いや。案外似たようなもんかも知れねえよ」

「へえ？」

「まあ、聞きな。いま黒門町《くろもんちょう》の質屋へ行って来たのだ。そこでおもしろいことを頼まれたぜ」

河内山が行った先は馴染《なじ》みの質屋上州屋である。店に入ると帳場格子の中から、番頭の仁右衛門がじろりと河内山を見た。だがすぐに、鼻の上に垂れさがって来た眼鏡を押し上げて帳簿に目を落としたのは、河内山か、大した客ではないというわけだろう。無視したのだ。

河内山はいきなり、番頭、十両貸せと言った。番頭は顔も上げなかった。

「質草は何でしょうか」

「番頭、おどろくな。これだ」

鼻先に腰をおろした河内山が懐から出して見せたのは、家を出るときにひっつかんできた名札である。だが海千山千の番頭は少しもおどろかなかった。これは何の判じ物ですかとからかい、貧にやつれて河内山さまもヤキがまわりましたかなとせせら笑ったあげくに、そんなものでは一両も貸すことならぬ、冗談もほどほどにしてもらいましょうと、けんもほろろにことわった。

むろん河内山にも、多少はこじつけた理屈があってその名札を持って行ったのである。質が流れてこの名札が店先にならべば、直参《じきさん》の河内山の名前が廃《すた》る。その面目代のつもりで十両貸せと粘ったが、番頭は出直してもらいましょう、お引き取りくださいの一点張りで、もう歯牙《しが》にもかけない態度だった。

その掛け合いの間に、河内山は妙なことに気づいた。話をしている二人のそばを通って、上州屋の奥にしきりにひとが出入りし、家の中からは何となくただごとでない空気が伝わって来る。

「そこで番頭に、何か取りこみでもあるのかと聞いてみたのだ」

と、河内山は直次郎に言った。

大ありだった。上州屋では行儀見習いのために一人娘のなみを赤坂にあるさる大名屋敷に奉公に上げていた。本所石原町《ほんじょいしわらちょう》の材木問屋和泉屋《いずみや》の次男がなみの婿に決まっていて、そろそろ暇をもらってこの夏には婚礼をと考えている親は、今年の春先になって屋敷にお暇願いを上げた。ところが、その時はむろんのこと、その後も数度にわたって願いを上げているのに、屋敷からはどういうわけか許しが出なかった。

それだけでなく、最近は肝心のなみとも連絡がつかなくなって心配しているところに、屋敷に出入りしている小間物屋が、ひそかになみに頼まれたという手紙を持って来た。その手紙を読んで、上州屋の者は青ざめてしまった。心配は適中して、なみは屋敷の殿さまに側妾《そばめ》にと望まれ、ことわったために座敷牢《ざしきろう》にいれられているという手紙だったのである。

主人の彦右衛門はいそいで親族に使いを走らせた。河内山が行ったとき、上州屋の奥ではちょうど親族会議がはじまったところだったのだ。

「そこで主人を呼び出してもらってな。娘を取りもどして来る仕事、百両で請け負うが、おれにまかせねえかと談じこんだわけだ」

「へえ」

「親戚《しんせき》一同額をあつめても、いい知恵は出なかったとみえて、先方は話に乗って来たよ。もっとも、五十両でどうかと値切りやがるから、どなりつけて百両で決めて来た。

みろ、これは内金の三十両だ」

と言うと、河内山は懐から袱紗《ふくさ》包みを出してひろげてみせた。小判で三十両である。

ひさしぶりに大枚の黄金の光をみて、直次郎は酔ったような気分になった。

「おまえさんにやる金も出来たが、わたすのはいまじゃねえ」

河内山はきびきびと言って、金を袱紗にしまった。

「明日、赤坂のそのお屋敷に掛け合いに行くから手伝いな。金はそのあとだ」

「わかった。で、お屋敷というのは？」

「松江の殿さまだ。ふ、ふ、十八万石松平出雲守《いずものかみ》さまが相手よ」

「………」

「何だ、顔いろがわるくなったぜ」

河内山は直次郎をからかった。

「心配するな。ちょいとひと芝居打つだけの話だよ」

つぎの日の七ッ（午後四時）ごろ。さかやきを剃《そ》ってさっぱりした寺侍の身なりに変った直次郎は、二台の駕籠《かご》と一緒に松平家の上屋敷の玄関先にうずくまり、河内山を待っていた。

河内山が、上野の輪王寺宮《りんのうじのみや》の御使者道海という触れこみで屋敷の中に消えてから、かれこれ一刻半《いっときはん》(三時間)はたっている。時が移るにつれて、直次郎の胸は落ちつきを失い、高い動悸《どうき》を打った。

上野の宮家の使いなどというのは、むろん真赤な嘘《うそ》である。なに、心配しなさんな。万事うまく行って百両は頂きだと言って、墨染めの衣に装った河内山はその芝居がたのしくてならないというふうに笑ったが、時刻ばかり移ってなみも現われず河内山も出て来ないのは、河内山が言う芝居が難航しているせいだとしか思われなかった。

いまにも縄でくくられた河内山が玄関に引き出されて来て、つぎには藩士たちが一斉に自分にとびかかって来るのではないかという妄想に悩まされながら、直次郎は逃げ出したい気持にじっと堪えている。

「お山のお使いのひと」

不意に呼ばれて、直次郎ははじかれたように立ち上がった。見るといつの間にか玄関に数人の男たちが出ていて、式台から降りる屋敷女中ふうの娘を見まもっているところだった。その娘が、なみに違いない。直次郎が、手にじっとりと汗をにぎって見ているうちに、娘は見送りの男たちに頭をさげて玄関を出た。そのまままっすぐに、駕籠《かご》わきに立っている直次郎に近づいて来る。

座敷牢《ざしきろう》に閉じこめられて拷問を受けているなどという話だったが、そんなふうには見えず、黒目がいきいきと光り匂《にお》うような肌をした娘だった。娘は手にかさばった風呂敷《ふろしき》包みをささげ持っている。直次郎は河内山に言われたとおりにたしかめた。

「上州屋のおなみさんですか」

「はい」

「駕籠《かご》がお家まで送ります。さ、乗ってください」

いそがせた。玄関にいる男たちが身動きもせずにこちらを凝視しているのが無気味だったが、駕籠が上がってしまえばこっちのものだと思った。直次郎の胸は早鐘を打った。

しかし何事も起こらず、駕籠はゆっくりと松平屋敷の門を出て行った。駕籠屋には、外に出たらわき目もふらず上野黒門町まで走るようにと言いふくめ、駄賃をたっぷりとにぎらせてある。

――もう、心配はない。

それになみが無事に外に出て来たのは、中にいる河内山の掛け合いがうまく行ったということでもあった。直次郎は安堵《あんど》の息をついた。間もなく河内山も外に出て来るだろう。そう思うと、正直なものであれほど騒いだ胸の鼓動も、あるかなきかに静まって来た。

――それにしても……。

兄貴も大した度胸だぜと直次郎は思った。どんな芝居を打ったか知らないが、この大きな屋敷に入って気合い負けもせずに十八万石を誑《たぶら》かすのだから豪儀なものだ。

直次郎は安心し、こうして手伝ったのだから五両ということはあるまい。河内山はひょっとしたら倍の十両はくれるかも知れないが、そのときはその十両をどう使おうかと、胸の中で金勘定をはじめた。また四半刻《しはんとき》（三十分）ほど時が移ったが、小判と三千歳の顔を交互に思いうかべている直次郎は、少しも退屈しなかった。

玄関にふたたび大勢の男たちが現われたときも、迎えるように駕籠わきに立ちはしたものの、直次郎に緊張感はなかった。男たちの間に、ひときわ背の高い黒衣の河内山が見えたし、さあ、これで仕事も終りだと思っただけである。

その直次郎の安堵《あんど》を、一撃に打ちくだくような怒声が玄関から聞こえて来た。河内山に指を突きつけてはげしい声を出しているのは、四十半ばの立派な風采《ふうさい》をした武士だった。国訛《くになま》りがまじってはっきりとは聞きとれないが、奥坊主とか河内山とか言う言葉が聞こえた。

――ばれた。

直次郎は顫《ふる》え上がった。万事うまくすすんで来た芝居が、最後の幕切れのところに来て化けの皮が剝《は》げてしまったらしい。直次郎は思わず逃げ道をさがして、きょろきょろとあたりを見回した。

だが逃げ道はなかった。すばやく玄関から走り出た武士が、屋敷の門をしめさせているのが見えるし、異様な気配に気づいたらしく、屋敷内の長屋の方からも刀をつかんだ武士や足軽、中間《ちゅうげん》、掃除女などがわらわらと走って来て見る間に人垣をつくり、直次郎と駕籠屋の退路をふさいでしまった。その中には、台所か長屋に来ていたらしい町人の姿まで見える。

直次郎は覚悟を決めた。こうなればなるようにしかならないのだ。どうも話がうますぎたと思いながら駕籠屋をみると、とんだとばっちりを喰《く》った駕籠屋の泣きそうな顔にぶつかった。

そのとき河内山の声が聞こえた。おい落ちつけよ、お偉いさんよと言った声が、ほれぼれとするほどひびきのいい低音である。

「露見したんじゃ仕方がねえや。いかにもおいらは悪名高い河内山宗俊だ」

河内山は袖《そで》をつかんでいる藩士の手を振り切って、二、三歩しりぞくと風采の立派な武士に正対した。見えを切ったようにみえた。

「おまはん方を誑《たぶら》かして、この屋敷から娘一人を逃がしてやったのはおっしゃるとおりさ。それが怪《け》しからんということなら、どうぞ寺社奉行でもどこでも突き出してもらいましょう」

「………」

「だがの、そうなるとこちらさんも無事じゃ済まねえぜ」

河内山の声が凄味《すごみ》を帯びた。脅《おど》しで喰っている男が、すさまじい気迫で十八万石を脅しにかかっているのを感じて直次郎は身顫《みぶる》いした。

「このまま黙って帰してもらえば、ことは無事に済む。しかし吟味の席に引き出されちゃ隠し事は出来めえよ。今度のいきさつ、残らず白状しなくちゃならねえ。そうなると、小便くせえ小娘に執心して暇も出さず、座敷牢《ざしきろう》だ何だとさわいだこちらさんの不始末も明るみに出ら。殿さまの素行芳しからずとくるか、お屋敷うち不行き届きとなるかは知らねえが、とてもただではおさまるめえ」

「………」

「たかが二十俵二人扶持《ににんぶち》のお城坊主と見くびっちゃいけねえよ。微禄《びろく》なりとも天下の直参《じきさん》だ。いざとなれば十八万石と対等にたたかうぜ。どうだい、一丁抱っこんで心中してやろうか」

河内山の声ばかりがひびいて、玄関も玄関先も静まり返ったままである。衣の裾《すそ》をさばいて、河内山が静かに式台を降りたが、止める者は誰もいなかった。

河内山と直次郎は無事に松平屋敷を出た。すると河内山が駕籠《かご》をとめて、駕籠屋ちょいと顔を貸せと言った。垂れを上げた河内山の顔が真青《まっさお》だった。

「上野の黒門口まで、一散走りだ。酒手ははずむよ」

「へい」

「片岡、いそぐぞ」

河内山は直次郎にも鋭い一瞥《いちべつ》をくれると、駕籠の中に隠れた。

黒門口に着くと、河内山は直次郎と駕籠屋を残していそぎ足に山内に入って行った。そしてまた手間どるかと思ったのに、じきに門を出て来た。

河内山はふだんの顔いろにもどっていた。駕籠屋にたっぷり駄賃をやって帰すと、たそがれて来た広小路《ひろこうじ》の方に降りながら、河内山は片岡、今日はおどろいたなあと言った。くすくす笑った。

「松平の屋敷にも人はいる。おれを河内山と見破りやがった」

「誰ですかい、あの侍は」

「留守居役の北村大膳《きたむらだいぜん》とかいうそうだ。役目柄よくお城に行くから、おいらの顔も知ってたらしい。あぶねえところだったぜ」

「………」

「しかし、もう大丈夫だ。山内に行って来たのは、役僧の勧修院《かんじゅいん》さまに洗いざらい事情を言いに行ったのだ。人助けのために御当山の名前を借りました、申しわけありませんと詫《わ》びを言ったら、どこまでのみこんだかは知らねえが、勧修院じゃ了承したぜ。これで松平から訴えが来ても、上野の筋からつかまる心配はまずいらねえ」

四

片岡直次郎がその夜仲の町の茶屋虎屋に来たのは、五ツ（午後八時）ごろだった。

「三次郎、来てるかい」

と、時どき一緒に来る自称水戸浪人の名前を言った。

虎屋の番頭は首を振って、来ていませんと言ったが直次郎の身なりに気づいて目をみはった。ふだんの遊び人ふうの着流し姿とは打って変って、直次郎は丸羽織を着て大小を差し、手に黒縮緬《くろちりめん》の頭巾《ずきん》を持っているところをみると、そんなものまで被《かぶ》って来たらしい。

痩《や》せぎすで姿のいい直次郎には、その武家の身なりがよく似合った。いつもより恰《かっ》幅《ぷく》までよくみえ、身を持ちくずしても根は直参《じきさん》と思わせるところがあった。だが、この男がふだんは直侍《なおざむらい》とよばれ、中身は金箔《きんぱく》つきのごろつきであるのを知りつくしている番頭は、からかう口調で言った。

「へ、へ、片岡さま。今夜はおめかしで」

「ふ、ふ」

直次郎は羽織の袖《そで》をひっぱって笑った。

「馬子にも衣裳《いしょう》さ」

「また、三千歳花魁《おいらん》をお呼びで？」

「冗談じゃねえ、そんなには金がつづかねえ」

と直次郎は言った。

直次郎は三日前に来て、虎屋の借金をきれいに払い、三千歳を呼んでもらって遊んで帰ったばかりである。

「今夜はここで、三次郎と待ち合わせる約束だ。ちょいと二階を借りてひと眠りするから、やつが来たら起こしてくんな」

直次郎は番頭に刀を預けて二階に上がると、空いている部屋に行燈《あんどん》をいれてもらい、掻巻《かいまき》を借りてじかに畳に横になった。

三次郎との約束などというのは嘘《うそ》だった。三日前に会ったとき、直次郎は三千歳と足抜きを打ち合わせ、今日はそれを実行するために来ているのである。廓《くるわ》からの無断逃亡である足抜きは、露見すれば三千歳ともどもどんな制裁を受けるか知れない犯罪だが、直次郎は首尾よく廓を抜け出したら、あとは一散に河内山の屋敷に駆けこむつもりだった。下駄《げた》を預けるつもりである。

河内山はさぞおどろき、迷惑にも思うに違いないが、懐にとびこんでしまえばまさか見捨てはしまい。それに河内山にはちょっぴり貸しが残っている、と直次郎は思っていた。

——十両はくれてもよかったのだ。

いやさ、おれがした働きを考えれば二十両はよこしてもよかったんじゃねえのかと、直次郎は上州屋の娘を取りもどしたあと、河内山がはじめの約束の五両しかくれなかったことに不満を持っていた。

あのとき、おれが外にいて娘を受け取ったからすんなりと事がはこんだのだ。河内山と駕籠屋だけで出来る仕事なもんかと、十八万石の松平家を騙《かた》った興奮の中で、直次郎は自分もかなりの大役をこなした気分になり、河内山が受け取ったはずの百両の報酬と、自分がもらった五両は釣り合いが取れていないと感じていたのである。

そんな女は知らねえ、後始末などはとんでもねえ、吉原にもどして来なと言ったら——もし、河内山が……。

どうしようと、直次郎は考えてみる。

そのときはそのときだ、と思った。金はもう無くなって、今度はいつ三千歳に会えるのか見当もつかなかった。三日前だって、虎屋まで呼び出してはもらったものの、むろん帯をとかせることが出来るわけではなく、直次郎は三千歳を立たせて裾《すそ》をわけると、裸の足を抱きしめたのだ。三千歳は泣き出した。あんなみじめな思いは、もう沢山だと直次郎は思っている。つかまったら、お仕置を受けるまでだ。

そう覚悟を決めたつもりだったが、やはり恐怖は腹の底からこみ上げて来る。門を出入りする人間を監視する大門《おおもん》の面番所《めんばんしょ》には、吉原の町々から出す番人のほかに、隠密回りの同心二人、その手下の岡っ引が昼夜をわかたず詰めているし、門のもう一方にある町会所にも、ひとの監視を仕事にする者が雇われている。門の外の土手までの五十間道《ごじっけんみち》、土手にのぼる衣紋坂《えもんざか》のあたりにも、岡っ引がぶらついているとも聞いていた。その間をうまく擦り抜けなければならないのだと思うと、直次郎は畳がつめたいばかりでなく、身体に小さな顫《ふる》えが走るのを感じた。

どうせ眠れはしまいと思ったのに、過度の緊張で疲れたせいか、直次郎はいつの間にか眠って夢まで見た。一寸先も見えない闇《やみ》の中を、三千歳とこけつまろびつ逃げるのだが、足は錘《おもり》をさげられたように重くて少しも前にすすまない、おそろしい夢だった。

恐怖に思わず声を出したようである。目覚めると、虎屋の二階は静かになっていた。寝こんだという気配ではないが、ひとの声も歌声もつぶやくように低くなっている。直次郎は掻巻《かいまき》をはねのけて起き上がると、いそいで階下に降りた。

さっきと同じ姿勢で帳場にいた番頭が、血相を変えた直次郎を怪訝《けげん》そうに見上げた。

「どうなさいました、片岡さま」

「いま何刻《なんどき》だ?」

「中引《なかび》けの拍子木が鳴って四《し》半刻《はんとき》ほどたちましょう」

と番頭は言った。吉原ではきまりでは四ツ（午後十時）に遊女屋の店を閉じることになっていたが、実際には浅草寺の鐘が九ッ（午後十二時）を告げるのを待って四ツの拍子木、九ツの拍子木をつづけざまに打つ。

このほんとは九ツの時刻を、廓《くるわ》では引け四ツと呼び、また一応は店を閉じる体裁をつくるので中引けとも言って、拍子木の音を聞いて帰る客もいた。大引《おおび》けは八ツ（午前二時）。夜のうちに家にもどる最後の客と、芸者、茶屋女中などが大門を出る時刻である。この時刻、大門は閉じられて潜《くぐ》り戸から出入りすることになっていた。

直次郎はほっとした。三千歳としめし合わせた時刻は大引け前である。そのころになると、さすがに面番所の監視もひとが減って多少ゆるんで来ることをたしかめてある。

「そうかい。ところで、三次郎は来なかったかね」

「お見えになりません」

「おかしいな」

直次郎は首をかしげて、やろう、待ち合わせる家を間違えたかな、とつぶやいた。むろん、番頭に聞かせるためのせりふである。

「ちょいと、外をひと回りして見て来るぜ」

直次郎は番頭から刀をもらって腰にもどすと、店を出て頭巾《ずきん》で顔をつつんだ。角町《すみちょう》、堺町《さかいちょう》をぶらぶらと歩いて江戸町《えどちょう》二丁目に来ると、直次郎は路地に入って大口屋の裏に出た。

見上げる二階に灯の明るい窓が見える。直次郎は小石を拾うと、窓のわきの雨戸にかちりとあてた。窓がさっとひらいて、下を見おろしたのは三千歳である。うなずいてみせて、直次郎は下の黒板塀にぴたりと貼《は》りついた。それから大いそぎで頭巾、羽織、着物を脱ぐと、下からふだんの結城紬《ゆうきつむぎ》、博多《はかた》の平ぐけという遊び人姿が出て来た。脱ぎ捨てた物を手にまるめて、直次郎は息を殺して待った。

間もなく植木屋が出入りする三尺のひらきをこじあけて、三千歳が外に出て来た。直次郎が指示した逃走口である。直次郎は近づくと、うすい寝巻、上草履という姿の三千歳に、すばやく着物と羽織を着せ、頭巾をかぶせて大小を差させた。

三千歳も女にしては背丈がある方なので、少し裾《すそ》を引きずるようだったが、夜目には武家の姿になった。顫《ふる》えている三千歳の身体を、直次郎は強く抱きしめてやった。

「声を出しちゃならねえぜ。なあに、大丈夫さ。おれにまかせておきな。さあ、行くぜ」

直次郎は三千歳の腕を肩にかけると、片手を胴に回し、路地から表に出た。そのままますぐ面番所《めんばんしょ》の前に行った。

すると中から顔見知りの下っ引が出て来た。顔は知っているが名前までは知らないその下っ引は、無言のまま刺すような目つきで直次郎と三千歳を見ている。直次郎はぞっとしたが、強気にこちらから声をかけた。

「いやな目つきをするじゃねえか。何か、文句でもあるのか」

「そっちのは誰だい」

下っ引は、またたきもしない目を三千歳に向けている。直次郎はうつむいている三千歳の顔をのぞくしぐさをした。

「おれの友だちだ。悪酔いして、いまそこで吐いたばかりだ。顔を見せてもいいが、まだ吐くかも知れねえぜ」

ちぇと下っ引は舌を鳴らした。しかし相手は侍とみて遠慮したか、行っていいぜと言うと番所の中にひっこんだ。潜《くぐ》り戸から外に出るとき、背後でいまのは誰だい、直侍だと言っているのが聞こえた。

無事に、直次郎は土手に上がると、客待ちをしている駕籠《かご》に三千歳を押し込んで、下谷練塀小路の河内山の家まで走った。

眠ったかも知れないと心配したのだが、河内山の家ではまだひとが起きていて、眠そうな顔をした若い台所女が二人を家の中に入れた。河内山は、奥で賭《か》けごとをしているという。

呼んでもらうと、目を血走らせた河内山がのっそりと部屋に入って来た。鋭い目を、妙な身なりをしている三千歳にとばしてから、河内山は煙草を吸いつけた。

「どうしたい、この真夜中に」

「兄貴、かくまってもらいてえ。三千歳だ」

直次郎は三千歳を振りむくと、おい、ご挨拶《あいさつ》しろと言った。すると、青ざめた顔をした三千歳がにっこり笑った。

「三千歳でありんす」

「ふーむ」

河内山は濛《もう》とけむりを吐いて煙管《きせる》を口からはなすと、無表情に言った。

「おめえさんが片岡の情婦《いろ》か。なるほど、別嬪《べっぴん》だ。片岡が入れ揚げるのも無理はねえ」

「…………」

「しかし片岡は勤めを棒に振って、おめえさんのためにだいぶ迷惑もしてるようだぜ」

「迷惑しているのは、わちきでありんす」

「はっは、こいつはおもしれえや」

河内山は笑った。そして直次郎を見た。

「三千歳をかくまうのはかまわねえが、後始末をどうするつもりだえ」

「これから大いそぎで虎屋にもどって、何とか辻《つじ》つまを合わせて来ますよ」

「そんなことじゃ足抜き騒ぎはおさまるめえよ。大それたことをやったもんだ」

「済まねえ」

「ま、いいさ。後のことは何とか考えてみよう。おまえさんは吉原にもどりな。二、三日はそれでごまかせるかも知れねえ」

五

翌日、吉原からもどって来た直次郎に、河内山は様子はどうだったかと聞いた。

「それがもう、廓《くるわ》は大騒ぎで、おのがしたことながら身体に顫《ふる》えが来ましたぜ」

「そうだろうよ。それで、虎屋の方はうまく行ったのかね」

「ま、昨夜はずっと廓内にいたということで、何とか辻つまは合わせましたが、虎屋じゃなにせ、三千歳とのことを一番知ってますからな。何となく疑っている様子も見えて落ち着きがわるいので、早々に帰って来たんだが……」

「そうかい。それじゃおまえさんも二、三日はここに隠れて出ねえ方がいいかも知れねえよ」

と言ってから、河内山は昼すぎに三千歳をつれて出かけて来るぜと言った。直次郎は目をみはった。

「どこへ？」

「室町《むろまち》三丁目の献残屋《けんざんや》で、森田屋《もりたや》というのがいるそうだ。そこの主人に会って来る」

「知ってますよ。三千歳から聞いている名前だ」

「そうか、それなら話は早い」

と河内山は言って、直次郎を説得する表情になった。

きびしい足抜きの詮議《せんぎ》をかわすには、誰かに三千歳を身請けさせるしかないのだ、と河内山は言った。馴染《なじ》み客の中で三千歳を身請けしてもいい気持と金のある男。そういう男を見つけて、じつは三千歳が廓から逃げて来た、後始末を頼むと持ちかける。ヤニ下がったその男が、大金を出して三千歳を身請けし、どこかに囲ってさてこれからたのしもうというところに、おめえが乗りこむのだと河内山は言った。これはおれの女だと尻《しり》をまくったところで、三千歳はもう身請けされた身分、その男と直次郎の喧嘩《けんか》にはなっても、吉原が乗り出して来る気遣いは一切ない。

「おまえさんも、そのぐらいの芝居なら打てるんじゃねえのか」

「…………」

「そこまでの段取りはおれがつける。そこで三千歳が白羽の矢を立てたのが森田屋清《せい》蔵《ぞう》さ。ふっふ、気の毒な男だ」

「しかし、三千歳を外に出して、大丈夫ですかね」

「なあに、心配はいらん。もう少しすると髪結いが来て、髪から着る物からすっかり素人衆に変えてくれるはずだ」

「…………」

「おまえさんは哥留多《かるた》でも引きながら、首尾を待ってな」

河内山は、言ったとおりに昼過ぎになると、駕籠《かご》を呼んで三千歳を乗せ、勢いよく家を出て行った。こういう企《たくら》みが嫌いではないのだ。

河内山がもどって来たのは、七ッ（午後四時）前だった。三千歳を女房のしづがいる部屋に追いやってから、河内山は直次郎にこっちに寄れと言った。出て行ったときの勢いはなく、何となくむっつりと浮かない表情をしている。その顔色を見て、直次郎が言った。

「どんなぐあいで？　うまく行かなかったんですかい」

「いや、うまく行ったさ」

河内山は腰から煙草入れをはずすと、火種を埋《い》けてある火桶《ひおけ》を手もとに引き寄せた。

「森田屋は金が有りあまっているらしくてな。あっさりと三千歳の身請けを引き受けたぜ」

「へえ、さすがは兄貴だ」

直次郎は河内山を持ち上げた。筋書きどおりに行ったのだ。これでどうにか、足抜きの罪はまぬがれそうだとほっとしたが、その気持の下から直次郎は思いがけない嫉《しっ》妬《と》がこみ上げて来るのを感じた。無造作に三千歳を身請けしようというのは、どんな男だと思ったのである。直次郎は森田屋に会ったことはない。

「献残屋というのは、そんなに儲《もう》かるんですかね」

「商いの相手がお大名だからな」

と河内山は言って、吸いつけた煙草のけむりを吐き出した。

献残屋は大名に献上した絹物などを払い下げてもらって、祝儀、結納、婚礼などの慶事の引き出物、飾り物などを仕立てて売る商売である。森田屋はお城に入りこんで将軍家の献残物まで払い下げを受けているのだ、数少ない商いだから儲けも大きいに違いないと、河内山はひっかける相手のことを少しは調べたらしい口ぶりで言った。

「それはいいのだが、こっちのもくろみがバレちまったぜ」

「…………」

「森田屋に会ってな、三千歳がやっこさん目当てでがむしゃらに足抜きして来たように言ってみたのだ。面倒でも始末をつけてくれないかとな。三千歳も懸命に芝居したぜ」

「それで？」

「やつはじっと聞いていたが、そのうちくすくす笑い出して、河内山さんあたしを甘くみちゃいけませんと言うんだ。ここはひとつ、打ち明けた話で行こうじゃありませんか、それでなくては身請け話には乗りかねますと言われて、おれも仰天したね」

「キザな野郎だ」

「いや、いや、そうじゃねえ。森田屋はおまえの名前も知ってたぜ。三千歳の足抜きはおまえさんがらみと見抜いてるんだ。河内山も形なしだ」

「…………」

「しかし何はともあれ、身請けが先だ。そいつがうまくいかねえことには、おまえさんも三千歳もいずれはつかまってお仕置を喰《く》っちまう。それに三百両の身請け話に耳かたむける旦那《だんな》が、そうたんといるとも思えねえ」

「三百両？」

　直次郎は口をはさんだ。

「七、八十両ぐらいじゃ済まねえんですかい」

「だからおまえさんは甘《あめ》えと言うんだよ」

河内山はぴしゃりと言った。

「この節は、小格子《こごうし》の女郎だってそんな金じゃ身請けはむつかしかろうぜ。ともかくここは森田屋にまかせるしかねえのだ」

「まかせて、あとはどうなるんですかね」

「さあて、どうするつもりか。森田屋は明日にも大口屋に行って身請け話を決め、帰りにここに寄るそうだ。そのとき、また何か言うつもりだろうよ」

「…………」

「それにしてもあいつ、ただの鼠じゃねえな。どうも気になる、素姓はいったい何者だ」

煙管の火が消えたのも気づかない様子で、河内山がひどく考えこむ顔をしたのは、森田屋清蔵によほど手ひどく鼻を明かされたのかも知れなかった。

その森田屋が河内山の屋敷に来たのは、翌日の八ツ（午後二時）ごろである。一見して四十近くかと思われる齢《とし》ごろで妙にどっしりと老成ぶったところがある男だった。儲《もう》かっている商人《あきんど》らしく柔和な顔つきに見えたが、その中で目だけは時おりよく光るのに直次郎は気づいた。

「あなたさまが片岡さんですか」

森田屋は、河内山と直次郎、三千歳を前において、にこにこと直次郎に笑いかけた。

「あぶないところでした。あなたさまが三千歳の足抜きを手伝ったことは、もうすっかりバレて廓中《くるわじゅう》の評判になっておりましたですよ、はい。しかし、どうにか間に合いまして……」

森田屋は懐から古びた書き付けを取り出すと、これが三千歳の年季証文ですと言って河内山に渡した。

「むこうには身請証文を置いて来ましたから、この書き付けは無用のものです。破るなり燃やすなり勝手にしてください。これで三千歳は自由の身の上です」

「こりゃあ森田屋さん、とんだ散財をおかけした。この二人も、これで安心だ。あんたの腹の太いのには恐れ入る」

「それがです、河内山さん」

森田屋は、今度は笑顔を河内山にむけた。

「ここで身請けした三千歳を片岡さんにぽんとさし上げれば、これはもう太っ腹の森田屋とあなた方にほめられるかも知れませんが、生憎《あいにく》あたしは商人《あきんど》、元ひとつ取らずに金を捨てては商人の作法にはずれます」

「と申しましても、失礼ながら片岡さんから元を頂戴《ちょうだい》することはちょっと無理。となりますと、ここは身請けした三千歳をしばらくあたしがお預かりし、そのあとで片岡さんにお譲りするという形にしてはいかがでしょうかな。これならあたしも吉原の方に顔が立ち、末始終《すえしじゅう》を考えれば片岡さんもご損はない、双方腹は立たないと……」

「おう、そりゃ何かい」

直次郎がさえぎった。

「三千歳をおまえさんの妾《めかけ》にするってえ話かい」

「ひらたく言えば、そういうことです」

森田屋は平然と言った。直次郎を見返した顔にうす笑いがうかんでいる。直次郎はその顔をにらみ返してから、河内山に嚙《か》みついた。

「おい、兄貴。こいつははじめからそういう約束かね」

「いや、約束したわけじゃねえが……」

河内山は坊主頭を搔《か》きながら、ぼそぼそと言った。

「森田屋の言うことにも一理ある」

「そういうことですよ、片岡さん」

「なるほど」

と森田屋は言った。粘っこい口をきく男だった。

「いま、かりにです、三千歳をすんなりとあなたさまにくれてやったとしますか。かならずグルだと言われますよ。森田屋清蔵は直侍と……」

と言って森田屋は、軽蔑《けいべつ》したようにちょいと口をゆがめた。

「三千歳と三人で組んだと言われます。森田屋は何か弱味があるんじゃないかと、痛くもない腹をさぐられるのはかまいませんが、身請けがグルだ、芝居だということになりますと、足抜きの詮議《せんぎ》がもう一度ぶり返して来ます。これ、当然ですよ」

「………」

「世間のうわさも七十五日。足抜きのうわさが消えるまで、三千歳をあたしにお預けなさいというのです。そのかわり片岡さん、あなたには我慢料というのもおかしいが、気分直しに三十両さし上げましょう。人間、懐があたたかければ少々の不満はおさまりますよ」

「小判でほっぺたを張ろうってえ算段だ」

「無理にとは申し上げませんよ」

森田屋の目がきらりと光った。直次郎はその目に胸を射抜かれたような気がした。

「どうしてもお気にいらないとおっしゃるなら、話を元にもどすだけのことです。三千歳を大口屋に返して身請証文と三百両の金を取り返せば、損も得もありません。万事めでたしです。あたしはそれでもいいんだ。そうしますか」

「片岡、三十両は大金だ。もらっておけ」

と河内山が言った。

「ここは森田屋の言うことをきく方がいい」

「三千歳を預かるというのは、いつまでの話だい」

と直次郎は言った。森田屋のいいなりになるのはくやしかったが、河内山の援護がなければほかにどうしようもないのだ。

森田屋の顔に、うす笑いがもどった。

「七月いっぱいとしましょうか。この約束は、男の約束として守ってもらいますよ」

「当然だ。おれが証人になろう」

と河内山が言った。


松島町《まつしまちょう》の旗本屋敷から、直次郎はひょいと外に出た。そして、いきなり赤い光に目を射られて門前に立ちどまった。目に入ったのは、町のむこうに沈みかけている夕日である。直次郎はすぐに歩き出した。

昨夜は夜通し博奕《ばくち》を打ったが、夜が明けてから中間《ちゅうげん》部屋の隅に布団を敷いてもらって眠り、昼飯を喰《く》わせてもらってからもう一度眠ったので、気分はすっきりとしていた。頭の中は空っぽだった。赤い日差しは、その空っぽの頭の中まで入りこんで来て、直次郎はかすかに人恋しい気分に捉《とら》えられている。

——もうちょっと……。

勝負をつづけるんだったかな、と思った。金はまだ三両ほどあった。一晩のうちに金は出たり入ったりしたが、結局は二分ほど儲《もう》かった勘定になる。賭《か》けごとに倦《あ》きた気がして出て来たのだが、家にもどったところでおもしろいことがあるわけではない。

直次郎は堀留町《ほりどめちょう》の角まで来た。するともう沈んだと思った夕日が、道のむこうからまた差しかけて来た。金色の光が一瞬直次郎の顔を撫《な》でた。そして今度こそ日は町の陰に隠れてしまった。

町には昼の暑熱が残っていた。その暑さが興奮を誘うのか、一団の子供が直次郎を追い越し、二丁目の方に走って行った。直次郎は立ちどまって、子供たちが走り去った方角を見つめた。その先は塩河岸《しおがし》である。塩河岸まで行けば、三千歳がいる浮世小路の妾宅《しょうたく》はすぐだなと思った。すると直次郎の胸は、人恋しさにしめつけられるようになった。

暑熱の中にかすかに秋の冷気が入りこんで来ているのがわかる。七月は暑熱と涼しさが同居する季節なのだ。夜が更けると、それはもっとはっきりして来る。だが七月の終りまではまだかなりの日にちがあった。まだたっぷり二十日はあるだろう。いまはめったなことをしない方がいいのだと思った。

三千歳の家の近くをうろついているところを見られたら、森田屋は何を言い出すかわからないし、河内山だって気をわるくするだろう。

——だが……。

外から見るだけなら、かまわないじゃないかと直次郎は思った。うつむいて塩河岸の方に歩いた。こんなに胸がしめつけられるようにさびしい気分になったのははじめてだった。

白っぽい夕暮の道を、いそぎ足にひとがすれ違って行った。入り堀の河岸まで来ると、さっきの子供たちが細い竹竿《たけざお》を振り回してさわいでいるのに会った。暮れかけている空に、ひらひらと飛んでいる黒いものは蝙蝠《こうもり》だった。

——蚊喰鳥《かくいどり》と言うんだっけ。

と直次郎は思った。やはり竹竿を振りまわしたり、小石を投げ上げたりしながら蝙蝠を追った子供のころの記憶がもどって来た。小石を投げると、蝙蝠は虫とでも思うのか、落ちる小石を追って手が触れるほどのところまで降りて来たものだ。

そのころから組屋敷の中の暮らしを窮屈に思い、町の子と遊ぶことが多かったことも思い出している。いまおれは、追う方ではなく追われる蚊喰鳥の方だなと直次郎は思った。武家でも町人でもなく、またそのどっちでもあって、昼は寝て日が暮れるとふらふらと町に飛び出して行くのが、おれの暮らしだ。

森田屋とは道をへだてる東の室町三丁目。その横町にある浮世小路に入りこんだときは、日は暮れてひとの顔もはっきりしないかわたれ時になっていた。

頬《ほお》かむりをした直次郎は、三千歳の家の塀のはずれに吸いつくように立ち、家の中と格子戸の両方に目をくばったが、家の中はまだ灯をともさず無人のように真暗だった。

不意にうしろから声をかけられた。

「もしえ、直次郎さんではざんせんか」

直次郎はおどろいて振りむいた。すると湯のもどりらしく風呂敷《ふろしき》包みをかかえた三千歳が立っていた。

「三千歳か。ひさしぶりだ」

「会いとうおしたえ。よくたずねてくんなました」

「しっ、大きな声を出すな」

と、直次郎は言ったが、三千歳がすがりついて来た手ははずさなかった。湯上がりの、いい匂《にお》いが三千歳から寄せて来る。手をにぎりしめたまま、直次郎は言った。

「なに、これまでもちょいちょい様子を見に来ていたのだ。旦那《だんな》がいつごろに来るかも知ってるし、おめえが旦那のために三味を弾いてるのも聞いたぜ」

「旦那はきらいでありんす」

三千歳が涙声で言った。直次郎も一緒に泣きたい気分だった。

「もうちっとの辛抱さ、三千歳。おっと、そろそろ森田屋のお出ましの時刻だ。今夜はおまえに会えてよかった。見つかっちゃならねえから、おれは行くぜ」

「旦那は、今夜は来いせん」

と三千歳が言った。

「おい、ほんとかい」

「少うし待っていてくんなまし」

三千歳は、直次郎を暗い路地に残すと、いそぎ足に家の中に入って行った。やがて塀の内に明かりがともり、直次郎も顔を知っている中年の手伝い女が、格子戸を鳴らして外に出て行った。使いに出したのだ。すぐに同じ格子戸から、三千歳が直次郎を手招きした。

半刻（一時間）ほどして、直次郎は森田屋の妾宅《しょうたく》を出た。一緒に外に出て来た三千歳が、そっと直次郎の帯に指をかけた。

「また来んしてくだしゃんせ、直次郎さん」

「そうはいかねえ。森田屋に見られたら、これまでの辛抱が水の泡だ」

「でも、わちきはさびしい」

「我慢しな。もうすぐ、夏も終りだ」

二人はひしと抱き合った。

三千歳に見送られながら、直次郎はいそぎ足に路地を出た。ひとの女を盗んだ間夫《まぶ》の落ちつかない気分になっている。

──しかし、かわいい女だぜ。

と思った。抱かれながら異様に興奮して泣いたり笑ったりした三千歳を思い出していた。駆けもどって、もう一度抱きしめてやりたいような衝動がつき上げて来る。

三千歳には辛抱しろ、と言ったが、こっちが辛抱出来るかどうかわからなかった。ひさしぶりに抱いたやわらかい肌の感触が手に甦《よみがえ》って来て、直次郎は一瞬狂おしい気分になる。なるようになれという気もした。いまだって、走ってもどればもう一度三千歳を抱けるのだ。

しかしそんなことをしていて、森田屋に見つかれば万事はおしまいだった。河内山だってきっとただでは済まさないだろう。

――おい、直侍。

直次郎は自分に呼びかけた。どうするつもりだね。空を見上げたが、月もない暗い空で、蝙蝠はどこを飛んでいるのかわからなかった。

闇《やみ》のつぶて

天保六花撰ノ内・金子市

一

夕方から出て来た風が、さほどつよくはないがいまもやまずに吹いていて、入口に戸もない立ち飲みの店は腰から下が冷える。

縄のれんの内から、金子市之丞《かねこいちのじよう》は一人の男が路上に出て来るのを見た。いかにも懐のあたたかそうな、商人《あきんど》ふうの五十男である。見送りに出た小料理屋「久松」の女が二人、男に提灯《ちようちん》をわたしながらしきりに頭をさげているのは、男が「久松」にとって上得意であることを示しているようでもあった。

男は鷹揚《おうよう》にうなずいて何か言ったが、そのとき足もとがわずかにもつれたのを市之丞は見のがさなかった。つよく食指が動いた。

「おやじ、勘定」

「へい、ちょうど三十文いただきます」

酒はほんの少し口をつけただけである。肴《さかな》は焼いた干しいわしだった。市之丞は金をはらい、折しも奥の方から蟹《かに》のように横に這《は》って出て来た先客につづいて、店を出た。

「久松」から出て来た男はもう歩き出していた。浅草寺《せんそうじ》の前に出る様子である。市之丞は距離をおいて跡をつけて行った。東仲町《ひがしなかまち》の路地を抜け、浅草寺前の広小路に出たところで、懐から頭巾《ずきん》を出して顔をつつんだ。

時刻は五ツ半（午後九時）にさしかかっていて、広小路には男のものをふくめて前後に五つほどの提灯が動いているだけだった。そのひとつはから駕籠《かご》で、前から来てゆっくりすれちがうと、田原町《たわらまち》の方に遠ざかって行った。

前方に動いている提灯は三つ。その二つは前後しながらまっすぐ大川橋にむかって行く。そして男が持つ「久松」の貸し提灯は、左に折れて千住街道《せんじゅかいどう》に入った。それを見て市之丞は茶屋町《ちゃやまち》の遠あかりがただよう広小路を疾走した。男につづいて町角を曲った。

千住街道の町は花川戸《はなかわど》。道はそこで急に暗くなっていた。市之丞はすばやく目をくばったが、人影はおろか家々から洩《も》れる光もない暗い道に、風がさわぐ気配がするだけである。市之丞は足音をしのばせてさらに距離をつめたが、前を行く男は気づいた様子がなかった。

そして突然に、市之丞には幸運、男には不運の刻がおとずれた。二人が花川戸の町の中ほどまで来たとき、男が急に道を左に曲ったのである。そこは裏町と寺の間を馬道に抜ける道で、昼もあまり人通りが多くない場所である。男の家は馬道か、あるいはその先にあるのかと思われたが、市之丞の目には男が死神に呼びこまれたとしか見えなかった。それまでいくらか曖昧《あいまい》だった気持が決まって、ためらいなく跡を追った。

勝蔵院の角にさしかかったところで、市之丞は男を追い越した。そして立ちどまるとくるりと振りむいたので、男と鼻つきあわせる恰好《かっこう》になった。

「何か？」

男が甲高《かんだか》い声で咎《とが》めたのは当然である。だが、男のおどろいた顔は、市之丞が無言で提灯《ちょうちん》をつかみ取ると、一瞬にして恐怖の表情に変った。

市之丞は男を見つめながら、提灯の中に指を突っこんで火を揉《も》み消した。暗黒。そして自失からさめた男が、背をむけて逃げようとしたようである。その動きを市之丞は待っていた。提灯を投げ捨てると、抜き打ちに斬《き》った。

闇《やみ》の中に、男がころがる音がした。市之丞は迅速に動いた。手さぐりで懐をさがし、財布をさぐりあてた。しかしつかんで立ち上がろうとしたとき、財布が紐《ひも》で男につながっているのがわかって、今度はいそいで刀で紐を切った。そのときわずかに指先を傷つけた。落ちついているつもりでも、やはり気持が焦っているのである。

うばった財布を左手に、抜き身の刀を右手につかんだまま、市之丞は目の前に口をあけている路地に走りこんだ。路地は迷路のようになっていて、市之丞は突然に恐怖に首筋をつかまれたような気分になったが、出口が見つかると恐怖は消えた。暗い裏町を横切って、市之丞はふたたび千住街道に出た。

財布を懐にねじこみ、刀を鞘《さや》にもどして市之丞はさっき来た道にむかって歩き出した。歩きながら頭巾《ずきん》を取り、斬った指先を舌でなめた。傷はさほどのことはなかった。気分は落ちついて来た。

——一杯やって……。

それから家にもどるほうがいいかも知れない、と思った。飲まずには眠れそうになかった。市之丞の足は、無意識のうちにさっきの立ち飲みの店にむいている。

広小路を横切り、東仲町に入りこんで「久松」のほうにもどって行くと、立ち飲みの赤提灯《あかちょうちん》の下にひとが立っていた。二十すぎの若い男である。男は近づく市之丞を見つめていて、目が合うとにやにや笑った。

「ここにもどって来るなんて、少し大胆すぎやしませんかね、金子さん」

と男は言った。市之丞は憂鬱《ゆううつ》そうな声を出した。

「丑松《うしまつ》か。いつ江戸にもどったんだ」

「おとといですよ」

　くらやみの丑松は市之丞に近づくと、胸を指さしてささやいた。

「返り血ですぜ」

「……………」

「この恰好《かっこう》で飲もうてえのは、ちっと無理だ」

「見たのか」

「ええ。夕方からずっと金子さんをさがしてたもんで。で、ちょうどさっきの男をつけて行くところに来合わせたというわけです。はじめから見るつもりじゃなかった」

「……………」

「拝見しましたよ、頭巾《ずきん》で顔を隠すところなんかもね。凄《すご》みがありましたぜ」

「……………」

「今夜はお取りこみらしいからご遠慮しようと思ったら、ここでまた会うとは、金子さんとよっぽど縁があるんだ」

「おれに何か用か」

「ええ、ちょっと頼みごとがありましてね」

「おまえの頼みごとなど聞きたくないと言ったらどうするな？」

「また、ご冗談がきつい。ここでは何ですから、これから金子さんの家に行きましょうか」

「………」

「財布、かなり重そうでしたがいくら入ってますかね。それ、大口屋の三千歳《みちとせ》に会う金ですか」

「おい、いまのは脅しか」

「とんでもありません。ただお願いの筋を聞いてもらいたいというだけです」

「………」

「酒はこの店でつごうして行きましょう。ここの酒はうまいですからな。まじり気がないんです。あ、ご心配なく。それぐらいのおあしはあっしも持ってますから」

「………」

「途中でばっさりというのは、なしにしましょうや」

　市之丞にすり寄った丑松が、凄《すご》みをきかせた。

「黙ってろと言われりゃ、いくらでも黙ってますよ。それをむりやり、出がらしみてえなやくざ者一人を斬《き》って、世間を狭くすることはありませんぜ、金子さん」

二

市之丞と丑松は、御蔵前片町《おくらまえかたまち》と森田町《もりたちょう》の間の道を西に入った。寿松院門前町の横をなおも西に行って、鳥越《とりごえ》明神の前で左に曲った。そのあたりは元鳥越町《もととりごえちょう》になるが、突きあたりの松浦という旗本屋敷の角にある辻番所《つじばんしょ》の灯が、あたり一帯を照らしているだけで、町はひっそりとしている。

二人は鳥越川にかかる甚内橋《じんないばし》を南にわたった。その南側に旗本屋敷と岡山新田藩《おかやましんでんはん》の上屋敷に取りかこまれる形で猿屋町《さるやちょう》の町並みがひろがっている。金子市之丞は、その町に貸し道場を借りて神道無念流の看板を掲げていた。

戸をあけて二人が土間に入ると、台所の部屋から飯炊きばあさんのくまが出て来た。

「なんだ、まだ起きてたのか」

「お帰んなさいまし。夜のごはんは?」

「喰《く》って来た。ばあさんは寝ていいぞ」

市之丞は、丑松に上がれという身ぶりを示してからくまに言い直した。

「ちょっと待った、ばあさん。これから二人で飲むから、漬け物があったら出してくれ。あ、それからこの男は今夜泊るんだ。夜具も出しておいてもらおうか」

「かしこまりました」

「それが済んだら、あとは寝ていいよ」

と市之丞が言った。

市之丞が着替えている間に、くまが自慢のたくあん漬けを出したので、二人はそれを肴《さかな》に酒を飲んだ。

「今夜のようなことを、ちょいちょいやってんですかい」

丑松がぞんざいな口調で聞いたが、市之丞は答えなかった。つめたい目をちらと相手に流しただけで、うつむくとまた酒をついだ。

「長くはつづきませんぜ、金子さん」

「…………」

「お上だって遊んでるわけじゃねえ。辻斬《つじぎ》りなんてことになったら、連中必死にさがしますぜ。いい加減になさらねえと、首に縄がかかりますよ」

「…………」

「金が欲しかったら、あっしと組みませんか。吉原《よしわら》で遊ぶぐらいの金は、いつでも手

直した。

「あ、それは違うんで」

と言って、丑松はたくあんの鉢が載っている盆に盃《さかずき》を伏せた。そしていきなり坐《すわ》り

「話というのは、そういうことか」

に入りますぜ」

「金子さんを見こんで、力をお借りしたいんですがね。と言っても、なに、掛け合いはあっしがやるんですが、何しろ相手が相手なもので、金子さんのような後見人が欲しいというわけです」

市之丞は、はじめて顔を上げると、丑松をじっと見た。

「話してみろ」

「大川という黒鍬者《くろくわもの》を知ってますか」

「…………」

「馬の沓《くつ》と言わねえとわからねえかな。ほら、賭場《とば》に色が黒くて顔の長い男がいたでしょう」

「うむ、思い出した」

「あいつが、あっしの妹をどっかに売りとばした様子なんでさ」

あらまし二年ぶりに江戸にもどった丑松は、まっすぐに下谷山崎町《したややまざきちょう》の家にもどった。だが家には病気の母親は無事でいたものの、妹の玉がいなかった。

母親と母親の世話をしてくれていたきちという日雇いの女房の話によると、玉は働いていた浅草寺前並木町《なみきまち》のお茶屋がつぶれ、しばらくは家にいて働き口をさがしていたが、そのうち世話する者がいて住みこみの勤めに出たという。

しかし住みこみでは母親の世話が出来ないので、玉はきちに母親のことを頼んで行った。そのとき前借りしたからと言って、きちに三両の金をわたしたのである。

「三両ですぜ」

と丑松は言った。

「十七の小娘が工面出来る金じゃありませんや。あっしはぴんと来たが、ともかくお玉が働いているという家に行ってきました。東両国の『高砂』という料理茶屋なんですがね。案の定、お玉はいませんでした。名前を聞いたこともないと言うんです」

「………」

「で、家にもどって改めておふくろに、お玉をむかえに来たという雇い主のことを聞いたんだが、ばあさんは鳥目だからね。何にも見ていないんですよ」

「………」

「ところがありがてえことに、そのとき井戸端にいたおきちのおっかあともう一人が、その男を見てたんです。で、様子を聞きだしたら何のことはねえ、人相、風体ぴったりと馬の沓なんだ」

「………」

「あっしもカッと来ましたね。野郎、やりやがったと思いましたよ。馬の沓の本業を、金子さんご存じですかい」

「いや」

「黒鍬の御家人というのは隠れ蓑《みの》で、本業は女衒《ぜげん》ですよ。あっしの留守を知っていて、お玉に目をつけたに違いないんです」

馬の沓こと大川鉄蔵は、浅草の阿部川町《あべかわちよう》に住んでいるので、丑松は懐に匕首《あいくち》を呑《の》んで阿部川町まですっ飛んで行った。

鉄蔵と女房のまきは、はじめは白《しら》を切ったが、丑松が持ち出した匕首を畳に突き刺して凄《すご》むと、じつは五斗米市《ごとべいいち》に女の世話をたのまれてやったことだ。玉は五斗米市にわたして、その先は知らないと白状した。

五斗米市というのは、本所吉田町《ほんじよよしだちよう》に住む岡っ引で市兵衛《いちべえ》というのが名前だが、入江町《ちよう》に切見世《きりみせ》を持つ女郎屋のおやじでもあり、もうひとつ裏では賭場《とば》の胴元もしているという裏通りの顔役である。丑松が簡単に歯が立つ相手ではない。

それでも丑松は、おそるおそる吉田町の五斗米市の家に掛け合いに行ってみたが、はたして軽くあしらわれた。そいつは馬の沓の思いちがいだろうと市兵衛は言い、あげくはおめえ江戸にもどって大丈夫なのか、藤助につかまらねえように気をつけろと丑松をからかった。藤助は下谷一帯を縄張りにしている岡っ引である。

「それで今日は、また馬の沓のところに行ったんです。ふんづかまえて、ウムを言わせず五斗米市の前に連れて行こうと思いましてね」

「…………」

「ところが野郎、察しをつけたとみえて女房もろとも消えちまって、家にいねえんですよ。半日さがしたけど影も形も見えねえ。くそ、こうなればもう一度五斗米市に会って、あくまでとぼけるようだったら刺しちがえるまでだと思ったけれども、どう考えても一人じゃこの勝負はこっちに勝ち目がねえ」

「…………」

「そういうわけで、あとの半日は金子さんをさがしてたんですよ。どうですか、後見人を頼まれてくれませんか」

「…………」

「失礼だけれども、手間賃ぐらいのお礼はさし上げます。こんなことをなさるほど困っていなさるんなら……」

丑松は片手を振りおろして、人を斬《き》るしぐさを真似《まね》た。

「儲《もう》け仕事のひとつやふたつはあっしにも心あたりがありますんでね。相談に乗らせてもらいますぜ」

「つけ上がるんじゃないぞ、丑」

市之丞は低い声で言った。

「よけいなお世話だ。しかし、それはそれとしておまえの頼みは聞こうじゃないか」

「え？　行ってくれますんで。ありがてえな」

「まあ、飲め」

市之丞は丑松に盃《さかずき》を持たせて、酒をついでやった。

「しかし思いちがいをしてもらっちゃ困るぞ」

「へい？」

「おまえの妹がかわいそうだから行ってやるのよ。殺しを見られたからじゃない」

「………」

「おまえに見られたことなんぞ、何とも思っちゃおらん。何だったら、おそれながらととどけてみるかね。こっちはおぼえはないと白《しら》を切るだけよ」

「しかし……」

「小なりといえども道場の主だ。そっちは脛《すね》に傷持つ博奕《ばくち》打ちだぞ。お上がどっちの言うことを信用するか、考えるまでもあるまい。思いちがいをするなというのはそのへんのことだ」

「わかりました」

丑松は頭をさげた。

「いえ、べつにあっしも金子さんを脅すつもりはこれっぽっちもありません。賭場《とば》の馴染《なじ》み甲斐《がい》に、ひとつ助けちゃもらえまいかとお頼みしてるわけなんで」

「よし、それで話は決まった。しかし明日はちといそがしい。吉田町に行くのはあさってにしようじゃないか」

「けっこうです」

と言って、丑松はにやりと笑った。

「いそがしいてえのは、三千歳花魁《おいらん》に会う用があるんじゃありませんか。ちらと小耳にはさんだ話ですが、花魁は去年の秋に大口屋にもどって、再勤《またづと》めに出てから一段と女っぷりが上がって人気が出てるそうですね」

「…………」

「じつは今日、金子さんをさがして大口屋と、お茶屋の丸子尾張《まりこおわり》にも行ったんです。金子さんには会えなかったけれども、そこでべつの知ってるひとに会いました。誰だと思います？」

「誰だ」

「直侍《なおざむらい》」

丑松はまたにやりと笑って市之丞の顔をのぞいた。

「やっこさん、三千歳を金子さんに取られてだいぶ頭に血がのぼってるようですよ。気をつけなさる方がいいかも知れませんね」

三

市之丞が三千歳のあたたかい身体に巻いていた手を、そっとひくと、眠っていると思った三千歳がその手をつかんだ。

「どうしなんすと？」

「やっぱり、帰る」

「外は寒うありんす」

三千歳は足をからめて来た。

「明けてからにしやんせ」

「そうもいかぬ」

市之丞は三千歳の長い足をはずし、手もそっとはずすと半身を起こした。

「今朝は、朝から大事の客が稽古《けいこ》に来ることになっておる。飯の種だから粗略なことは出来ぬ」

「でも、遅うはありんせんか」

「大丈夫だ。大引《おおび》けには、まだ間がある」

最後の客が帰る八ツ（午前二時）はむかしふうに言えば丑三《うしみ》つ刻《どき》である。その時刻には、さすが不夜城と呼ばれる吉原の廓《くるわ》うちも、灯が減ってひと気も少なく、さびしくなる。

市之丞の決心が固いとわかると、三千歳は機敏に起き上がって身支度するのを手伝った。三千歳は女郎にはめずらしく骨惜しみをしない女である。

「こちらで、一服しやんせ」

三千歳は、着替えが終った市之丞を隣の居間にさそった。すばやく火鉢の火を掘りおこし、長ぎせるで煙草を吸いつけて市之丞にわたすと、茶器をひきよせてお茶をいれた。

「帰りの道に気をつけてくんなまし」

お茶をさし出しながら、三千歳が言った。

「あのひとが、おまえさまをきつく怨《うら》んでおいやすそうだから」

「片岡か」

きせるを三千歳に返してお茶をすすりながら、市之丞はにが笑いした。

「おまえに見限られたのが、よほどくやしいらしいな」

「でも、いつまで経《た》っても間夫《まぶ》気どりのたかりには、ほとほと倦《あ》きいした」

「ふむ」

「わちきが貢ぐのをよしにしたら、近ごろはずんとみすぼらしくなりんしたというお話どすえ」

「そうかい。気の毒にな」

「気の毒なことはありんせん」

三千歳は市之丞の手をとると、熱い頰《ほお》にあてた。きらきらと光る目で、市之丞を見つめた。

「おまえというひとに会ってから、わちきもすっかり目がさめました。いままではあのひとにだまされていいいした」

市之丞は少数の客、通いの茶屋女中や男衆などと一緒に、大門《おおもん》の潜《くぐ》り戸から廓《くるわ》の外に出た。春めいて来たとはいうものの、二月末の夜気はまだ身を切るように寒かった。寒さをまぎらわすためか、廓働きの男女はことさら声をはり上げて話したり笑ったりしていたが、五十間道《ごじっけんみち》から土手に上がり、右は田町《たまち》、左側に紙洗橋《かみあらいばし》にまがる道が見えて来たころにはその声は少しずつ減り、田町一丁目のはずれまで来たときは、歩いているのは市之丞をふくめて三人ほどになってしまった。

その三人も、前を行く二人はうしろからゆっくりついて来る市之丞が、夜目にも武家とわかって気味わるがったのか、みるみる足をはやめて距離をあけてしまったので、さらにその先の正法寺橋《しょうほうじばし》の袂《たもと》にさしかかったときは提灯《ちょうちん》を持たない市之丞が一人、暗やみに取り残された形になった。

市之丞は懐手をして、山谷堀《さんやぼり》に沿う道をゆっくり歩いて行く。山谷橋まで出たら、右折して聖天町《しょうでんちょう》に出るつもりだった。暗くとも通い馴《な》れた道である。いそぐことはないと思っていた。舟の通いも絶えた山谷堀の水が、闇《やみ》の底にほの白く光っている。

――金がいるな。

と市之丞は思っていた。別れて来た三千歳ののびやかであたたかい身体を思い出している。底知れない愉悦を隠している身体だが、三千歳は気性もかわいい女だった。遊所の、しかも人気花魁《おいらん》と呼ばれる身でいながら、三千歳はそういう勤めの女にありがちな、手練手管をつくして客から金を巻き上げるという気配が少しもみられない女である。男にほれこみ、あげくは貢ぐ型の女なのだ。

その女に、いま思われているのはおれだと思うと、市之丞は背筋がぞくぞくして来る。出来れば身請けして、家の女房にしたかった。だが現実には、身請けの金どころか、三千歳の所に通う金さえままならない身である。

——金がいる。

市之丞は、その思いで汗ばんでいる。三千歳に、間違っても貢がせたりしてはならないと思っていた。

三千歳にほれこまれ、大口屋にもお茶屋の丸子尾張にも信用されているのは、五尺八寸を越える長身の押し出しと神道無念流の道場主という世間的な信用もさることながら、これまで金遣いをきれいにして来たからだとわかっている。三千歳の金をあてにしてヤニ下がったりすれば、あの直侍の二の舞になるだろう。三千歳にはうとまれ、大口屋、丸子尾張には嫌われ、やがては廓《くるわ》うちに腰を落ちつける場所もなくなるのだ。

だが裏町の道場主の実入りはたかが知れていて、たくわえはとっくに底をついていた。近ごろは廓通いどころか、くまばあさんと二人の喰《く》い扶持《ぶち》をつごうするのに、人知れぬ苦労をしているほどである。

――かまうもんか。

三千歳に会うためには、また辻斬《つじぎ》りをやるぞと思ったとき、その思いが現実を呼び出したように、突如として目の前に白刃がひらめいた。暗やみを裂いて襲って来たものを白刃と見きわめたのも、とっさに懐手を解いてうしろに飛んだのも、市之丞がかつて修羅場を踏んでいる賜《たまもの》だった。

「何者だ」

叱咤《しった》しながら、すばやく抜き合わせた。その動きが相手には見えているらしい。ふたたび勢いはげしく斬りこんで来た。そのとき、暗い中に布で頬《ほお》かぶりをした顔が、ぬっとうかび上がった。

勢いははげしいが、市之丞には斬りこんで来る刀の筋道が定まっていないように感じられた。受けて、一歩踏みこむと同時にはげしくはね返した。はたして、敵はよろめいている。

その黒い影にむかって、市之丞は一撃を送った。わざと勢いを殺したつもりだが、むこうがもたついているので刃先がどこかに触れたらしい。襲って来たやつは、わっと言った。

「おい、片岡だな」

呼びかけたが、敵は答えずに一目散に走り去った。方角は山谷堀の川下のほうである。市之丞は、遠ざかるその音が消えてから、刀を腰にもどした。

――直侍か。

歩き出しながら、市之丞は廓《くるわ》の中で二、三度見かけたことがある三千歳のむかしの情人《いろ》のことを思い出している。

いかにも金と力に欠ける色男というふうに見えたが、こうして深夜に待ち伏せをかけたりするところをみると、見かけよりは骨のある男なのだろう。ひとに囲われた三千歳と密会して、それが三千歳が再勤《またづと》めする原因になったとも聞いている。しかしその色男と斬《き》り合った後味はよくなかった。三千歳の色香に迷った男二人が、盲目的な殺し合いを演じたような気がちらとしたのである。

――おれも……。

しっかりと目をあけているとは言えぬからな、と市之丞は自嘲《じちよう》した。三千歳のことは金がつきれば年貢のおさめどきとわかっているのに、あきらめきれずにあがいていると思ったのである。直侍を笑えない。

四

丑松を見て、また来たかという顔をした五斗米市の子分は、うしろに二本差の市之丞がいるのをみとめるとひるんだような顔つきになった。

「待ちな。上げていいかどうか、いま聞いて来る」

下っ引だか子分だかよくわからない髭《ひげ》の濃い若い男は、そう言って家の中にひっこんだままなかなか出て来なかったが、やがてまた玄関に出て来ると手真似《てまね》で上がれと合図した。

五斗米市の部屋に入ると、二人と入れ違いに若い女が出て行った。女に腰でも揉《も》ませていたらしく、だらしなく寝そべっていた市兵衛が、二人を見てから大儀そうに起き直った。とどのように丸っこく部厚い巨体である。

「丑か」

市兵衛はどこか気管でも破れて息が洩《も》れているような、がさがさとひび割れた声で言った。

「話はこの前《めえ》に済んだんじゃなかったかい」

「ひとの家の娘を売りとばして、話は済んだはねえでしょう親分」

と丑松は言った。市之丞がいるので、いくらか強気に物を言っているようだった。

「売りとばした？」

長ぎせるに煙草をつめていた市兵衛が、手をとめて丑松を見た。目も口もぽかんとあけて、それが芝居なら相当の役者である。

「誰がそんなことを言ったんだい」

「馬の沓《くつ》の女房ですよ」

と丑松は言った。

「五斗米市が売りとばした、とちょろっと口をすべらしたんだ。ばか野郎、へんなことを言うんじゃねえと、馬の沓と大喧嘩《おおげんか》になりましたがね。あっしはあのとき、おまきがほんとのことをしゃべったにちがいねえと思ってますんで」

「おまきか。とんでもねえことを言うあまだ」

と言って、市兵衛は長火鉢から火を吸いつけると、ぷかりとけむりを吐き出した。

「丑よ。それでおめえが勘繰るのは無理もねえが、そいつは濡《ぬ》れ衣《ぎぬ》だ。お玉なんて娘っ子は、おれは知らねえよ。この前も言ったとおり、馬の沓と女房の仕事だろうさ」

「…………」

「二人をぶっ叩《たた》いてみな。馬の沓なんてえのは度胸のねえ男だから、すぐに吐くさ」

「それが、二人とも雲隠れしやがったんで」

言ってから、丑松ははっとしたように言い直した。

「雲隠れは、親分のさしがねじゃねえでしょうな」

「なんだ、この野郎」

それまで眠そうに細めていた目を、五斗米市はかっとみひらいて丑松をにらんだ。

「おとなしく聞いてやっていれば、とんでもねえことを言い出す野郎だ。てめえ、誰にむかって物を言ってると思ってるんだ」

「…………」

「話は聞いた。だが、てめえの妹なんぞ知らねえと言ってるんだ。わかったか。これ以上しつこくすると、若え者《もん》に言いつけて横川《よこがわ》にほうりこませるぞ」

「…………」

「おれはいまから出かけなくちゃならねえ」

市兵衛は、部屋の入口に腰をおとしている市之丞の方は一度も見なかった。丑松をにらみつけたまま雷のような声でどなった。

「消えな。二度と来るんじゃねえ」

丑松が首を回して市之丞を見た。丑松の顔が真青《まっさお》だった。貫禄《かんろく》負けしているのだ。その顔を見て市之丞は首を振った。そして自分から立ち上がった。二人が部屋を出ると、どこからともなく数人の荒くれた感じの男たちが廊下に出て来て、二人を見送った。

それから四半刻《しはんとき》(三十分)後、市之丞と丑松は五斗米市の料理茶屋のように大きな家が見える路地で、五斗米市が外に出て来るのを待っていた。

「五斗米市が嚙《か》んでることはたしかなんだ」

丑松がくやしそうに言った。

「そうでなきゃ、馬の沓が姿を隠すわけがねえ。市兵衛のさしがねか、それともあいつをこわがって隠れているか、どっちかなんだ」

「…………」

「それにしても、お玉のやつどこへ行ったのかなあ」

「入江町のあたりはさがしてみたか」

と市之丞が言った。入江町は五斗米市が切見世を持っている岡場所で、路地数は裏表、新道をあわせて四十一路地、女郎の数が千三百人と言われる繁昌地《はんじょうち》である。安女郎をそろえているので遊びよいと言われるが、中には甲州屋のように、遊女の格式、遊び金ともに吉原と変りはないと評判の店もあった。

「もちろん、隅から隅までたずねましたがね、あそこにはいません」

「………」

「遠くに売られたんです」

そのとき市之丞がしっと言った。提灯《ちょうちん》をさげて、男が三人、五斗米市の家から出て来た。中の大柄で丸い身体つきの男は五斗米市である。あとの二人はお供の若い者だろう。

三人が近づいて来るのを見て、市之丞と丑松は路地の奥に身をひそめたが、五斗米市が路地の先を通りすぎて、横川堀の河岸《かし》通りに出て行くのを見送ってから、路地を出て跡をつけた。

御用屋敷の角を曲って、三人は河岸の道に出た。大きな声で何ごとか話しながら行くのを、市之丞と丑松はぴったりとつけて行った。新坂町《しんさかちょう》、清水町《しみずちょう》とつづく右手の町屋は、そろそろ寝静まったところか、物音も聞こえずひっそりとしている。横川の川波が岸を洗う音が聞こえるだけで、河岸通りには、ほかに通行人の姿も見えなかった。

前を行く三人が、清水町を通りすぎて長崎町《ながさきちょう》にさしかかったところで、市之丞は腰を沈めて前に走った。丑松がその後につづく。

気配に、三人が振りむいたときは、市之丞は二人のお供に電光のような当て身の拳《こぶし》を叩《たた》きこんでいた。その間に丑松も機敏に動いて、提灯をうばい取った。

五斗米市が逃げた。だが追いついた市之丞が足をとばすと、たわいなくひっかかって前にころんだ。土台の身体が大きいのに、必死に走った勢いがついているので、五斗米市の身体はころぶと同時に一間近くも地面をすべった。

「立て」

市之丞は帯をつかまえて五斗米市を立たせると、太い腕をつかんでぐいと背中にねじ上げた。五斗米市がうめいた。喘《あえ》ぎながら言った。

「てめえは何者だ、いったい」

「………」

「おれはお上の御用を勤めている男だぞ。こんなことをして、無事に済むと思うなよ」

「御託を言わず、こっちへ来い」

市之丞は五斗米市をつついて、長崎町のごみごみした路地に連れこんだ。そこに提灯を持った丑松が走って来た。

「やつらは軒下に片づけて来ましたぜ」

「やい、丑松」

と五斗米市が言った。地面をすべったときにすりむいたらしく、顔と手から血が出ている上に、着物の前まですり切れてしまったので、五斗米市はすごい恰好《かっこう》になっている。

「こんなことをしやがって、野郎、ただじゃ済まさねえからそう思え」

「黙れ、悪党」

と市之丞が言った。

「貴様こそ人の娘を売りとばして、口をぬぐって知らぬふりをするとは太いやつだ。こっちこそただでは済まさん」

「…………」

「馬の沓などと申す男は、雑魚《ざこ》だ。その雑魚が、たとえ逃げ口上にしても、かかわりもないのに貴様のようなこの道の大物の名前を出すわけがない。それを、貴様に頼まれたと言ったのは、それがまことだからよ」

「…………」

「さあ、吐け」

市之丞は五斗米市の腕をはなすと、今度は小刀を抜いて、相撲取りのように前にせり出ている腹につきつけた。

「おれを甘くみるなよ。返事が気に入らぬときはぷすりとやるぞ。さあ、お玉をどこにやった」

「………」

五斗米市は喘《あえ》いだ。爪先《つまさき》立って小刀の刃先をよけた。恐怖に襲われているのだ。

「さあ、言わんか。おれは丑松のように気が長くはないぞ」

「板橋だ」

と五斗米市が言った。汗が顔面を濡《ぬ》らしてしたたり落ちるのが、提灯《ちょうちん》の灯に見えた。顔色は晒《さら》したように白く変っている。

「板橋宿だ」

「家は？」

「双葉楼という店だ」

「誰に言えば、話が通じるかね」

「兼吉。双葉楼の番頭だ」

「よし。ところで、お玉をいくらで売った？」

「え？」

「とぼけずに、正直に答えろ」

「八両だよ。まだ子供だから安かった」

「貴様、財布を持ってるな」

市之丞は、五斗米市の懐に手をつっこむと、財布をひっぱり出した。丑松、提灯を寄せろと言って中を改めた。ざっと十二、三両の金が入っていた。

市之丞はその中から小判で十両の金をつかみ出すと、丑松にわたした。そして市兵衛に言った。

「いつもこんなに持っているのか」

「その金をどうするつもりだ」

と五斗米市がわめいた。

「お玉を請け出して来る。売った八両でもどしてくれと言ったんじゃ、むこうもいい顔をしねえだろうから、二両足してもらうぞ」

「冗談じゃねえ」

五斗米市は前に出ようとして、つきつけられた小刀に気づいてうしろにさがったが、鼻息を荒らげて抗議した。欲が恐怖に打ち勝ったという様子だった。

「冗談言っちゃ困る。わっちだって馬の沓《くつ》に金を払っている」

「その金は、馬の沓から頂くんだな」

市之丞は白刃をひっこめると、あざやかな手つきで鞘《さや》におさめた。それから丑松の持っている提灯をつかみ取ると、五斗米市の顔を近々と照らした。

「おれの目を見ろ」

と市之丞は言った。

「これから言うことをよくおぼえておくのだ。いいな」

「…………」

「十両の金を取られたなどと、さわぐんじゃないぞ。これは自業自得だ。それから板橋の双葉楼からお玉を請け出して来るのにじゃまをいれたら、ただではおかん」

「…………」

「また、われわれに仕返ししようなどという気は起こさぬことだ。丑松のしたことを、こっそり藤助に密告したりしたら、こっちもその筋に知り合いがいる。貴様が、博奕《ばくち》はおろか女衒《ぜげん》まがいの悪どい人商いにまで手を出していることをばらしてやるぞ」

「…………」

「おれの素姓を洗おうなどというのも、よくない了簡《りょうけん》だ。そんな気配が見えたら、遠慮なしにばっさりやるぞ。いまだって、ここで貴様をばらしたところで、誰にもわかりはせんのだ」

「…………」

「わかったか」

「わかった」

五斗米市の顔に、ふたたび濃い恐怖のいろがうかび上がった。その顔をつめたい目で見つめてから、市之丞は提灯を五斗米市にぎらせ、丑松をうながして路地を出た。

河岸の道に出るときに振りむくと、路地の奥に提灯を持った五斗米市が、まだ茫然《ぼうぜん》と立っているのが見えた。

五

金子市之丞は道場に出て、木刀を構えている。素足に、床がまだつめたかった。軽く木刀を振って身体をほぐしてから、いつものように型の修練に入った。

市之丞の剣は、神道《しんとう》無念流の二祖戸ヶ崎熊太郎の門弟で下総国《しもうさのくに》相馬郡早尾村のひと、大橋富吉から伝わる正統の剣である。低い気合いとともに市之丞の長身が跳躍すると、床においた蠟燭《ろうそく》の火がゆらいだ。

――だめだ。

不意に木刀をひくと、市之丞はほの暗い道場の奥に茫然と目をむけた。型の修練に、気持が集中していなかった。頭にうかんで来るのは、数日会っていない三千歳の顔であり、会いに行く金の工面のことである。

市之丞は、台所に行って水で肌の汗をぬぐい、茶の間にもどって着替えた。袴《はかま》をはき、羽織を着た。そしてそのまま行燈《あんどん》のそばに坐《すわ》ると腕を組んで考えにふけった。金策に行く決心をつけたのだが、頭にうかんでいる金策先にはもう十両を越える金を借りている。歓迎されないことはわかっていた。

――ま、行ってみるだけ行ってみよう。

だめだったら、帰りに辻斬《つじぎ》りをやればいいのだと、市之丞は捨て鉢な決心をつけて立ち上がった。

台所口で部屋にこもっているくまばあさんに声をかけ、外に出た。

――丑松は、どうしたかな。

とふと思った。丑松は十両の金をわたされて、いさみ立って板橋宿に行ったはずである。身請けに行くのではなく、五斗米市の代理で玉をもどしてもらいに行くのだぞと、交渉ごとの要領を嚙《か》んでふくめるように言い聞かせたのだから、揉《も》めごとが起きたとは思えなかった。

また、揉めごとが起きたのなら、飛んで来るはずである。それなのに、あれから数日経《た》つのに影も見せないのはいったいどういうつもりだと思ったが、市之丞の頭にあるのは丑松が来る来ないよりは、丑松に持たせてやった金のことである。

——金も、あるところにはあるものだ。

と思っていた。五斗米市から巻き上げたあの十両があれば、当分金には不自由しなかったなと思ったが、むろん市之丞が使っていいような筋道の金ではない。それはわかっていたが、気の重い金策に出かけることになると、そのときの小判が目にちらつくようだった。

市之丞は天王町《てんのうちょう》の間から千住街道に出た。そして鳥越橋をわたって蔵前に出る。時刻は五ツ（午後八時）を過ぎているので、通りの人影はまばらだった。

元旅籠町《もとはたごちょう》の二丁目。八幡宮《はちまんぐう》の社地に近くなったところに、表通りに店を構える大きな雪駄《せった》問屋がある。市之丞はその清水屋の横手の路地を入り、黒板塀の潜《くぐ》りから玄関に回った。主人の佐兵衛はまだ起きていて、訪《おとな》いを通じるとすぐ玄関に出て来たが、市之丞の顔を見るとはたしてまたかという顔をした。

「ま、お上がんなさい」

「夜分おそれいる」

市之丞は小さい声で言った。

茶の間に行くと、佐兵衛の女房と手代ふうの若い男がいる。二人は帳面合わせをしていたが、佐兵衛の明日にしなさいのひと声で、事情を察したらしく手ばやく机の上を片づけて部屋を出て行った。

しばらくして子供のように若い下女がお茶をはこんで来て去ると、あとは市之丞と佐兵衛の二人だけになった。

「道場の方は、いかがですか」

お茶をすすめてから、佐兵衛が言った。佐兵衛は齢《とし》は五十過ぎで、白髪の温厚な顔をした男である。声もおだやかだった。

「まあまあ、うまく行っております」

「それはけっこうです」

と佐兵衛は言った。それで言葉がとぎれて、男二人は黙ってお茶をすすった。

「また、お金が入用ですかな」

佐兵衛の方が、さきにそう言った。その態度には、どうせ市之丞が来た用はわかっているのだから、無駄に時を費すより、手っ取りばやく用件を済ませてしまおうという気持が露骨に出た。

市之丞は手を膝《ひざ》において、深々と頭をさげた。

「お察しのとおり。たびたびでまことに申しわけない」

「いかほどご用立てしますか」

「五両ほど」

「三両になさい、金子さん」

佐兵衛は言い、返すお気持があるならばですよ、とつけ加えた。辛辣《しんらつ》な言い方だった。市之丞は顔を伏せた。

「ご不満ですか」

「いや、三両でけっこう」

「どうせ、廓通《くるわがよ》いの資金でしょ？」

と佐兵衛は言った。

「あんまりたびたびのご借金なもので、じつは失礼ながら、少しばかりご事情を調べさせてもらったのですよ」

「…………」

「お相手は大口屋の三千歳だそうですね。あの子はあたしも二、三度会ったことがありますが、いえ、買ったんじゃありません。虎屋で遊んだときに、あたしの敵娼《あいかた》にくっついて来たのが三千歳でした」

「……………」

「三年ほど前のことですから、三千歳はいまのようには売れていなかったが、ひと目みて、この子はいずれ男を喰《く》い殺す女郎になるなと思いましたね」

「……………」

「目にも身体つきにも情がありすぎるんですよ。いくらうつくしくとも、金欲の張っている女子には男もそれなりの用心をしようし、もともとの情がうすいのを承知しているから、別れる段になってもあきらめははやい。下世話にいう金の切れ目が縁の切れ目というわけですが、なに、じつを言うと廓遊びはこの方が無難なのです。なまじ情にからまれるのが一番こわい」

「……………」

「しかし意外でしたな。いくら相手が三千歳とはいえ、お堅いあんたさんのようなひとが、ここまでのめりこむとはね。あたしの目は狂っちゃいなかったはずなのだが……」

自分の目利きがちがったのが残念でならないというふうに、佐兵衛は愚痴っぽく語尾をにごして立つと、金を取りに行くのだろう、市之丞を残して茶の間を出て行った。

数年前に、蔵前の店々の事情にあかるい蔵宿師《くらやど》くずれの二人連れが、札差《ふださし》の店をつぎつぎとたずねてゆすりを働いたことがある。素姓は本所の御家人の冷や飯喰《ぐ》いと、やはり本所の小旗本の元用人の二人組で、頭が切れる上に腕っぷしが強かった。そして二人の使ったゆすりの種というものが、いかにもその店その店の弱点を押さえているので、その筋にとどけ出ることも出来ない商人たちは、弱みにつけこんで二度も三度もやって来る二人組に手を焼いたのである。

そのころ市之丞は、元旅籠町二丁目裏の富坂町《とみさかちょう》にある佐兵衛の持家である裏店にくすぶっていて、たまたま知り合いの札差の相談をうけた佐兵衛にひっぱり出されて、その二人組を懲らしめることになったのだが、そのときみせた市之丞の用心棒ぶりはなかなかあざやかなものだった。

市之丞はよけいな理屈を一切言わずに、徹底した腕力で二人組を屈服させたのである。血だらけ泥だらけになって逃げ出した二人組は、その後二度と蔵前に姿を見せなかった。

そのときの働きで市之丞は一両の駄賃をもらい、思いがけない果報を喜んだのだが、果報はそれだけにとどまらなかった。市之丞の若い者に似合わない冷静な事件の始末ぶりと、神道無念流だという棒さばきにほれこんだ佐兵衛が、折柄《おりから》空き家になっていた猿屋町《さるやちょう》の剣術道場を借りてくれたのである。

はじめの半年の家賃を立てかえてくれた上に、札差に働きかけてお米蔵うちの小役人などの弟子まで掻《か》きあつめてくれたのは、また今度のようなことがある場合にそなえる意味があるのだろうと、当時市之丞は思ったものだが、その後佐兵衛とつき合ううちに、札差たちに感謝されて気をよくした佐兵衛が、思いがけなく有能な店子《たなこ》に、欲得をはなれて肩入れしているらしいことがわかったのであった。

しかし市之丞が喧嘩《けんか》上手なだけでなく、人物も堅いとみていたとすれば、それは佐兵衛の眼鏡《めがね》ちがいで、市之丞は佐兵衛の裏店《うらだな》にいたころから、旗本屋敷に臨時雇いで勤めていると世間を偽り、旗本屋敷にはちがいないものの、連日そこの中間《ちゅうげん》部屋でひらかれる賭場《とば》に入りびたって、博奕《ばくち》で暮らしの金を稼いでいたのである。

もっとも猿屋町の道場をやるようになってからは、賭場通いは間遠になり、三千歳に会うまでは身近に女っ気というものはなかったから、佐兵衛の見方もまったくあたっていないというわけではない。

佐兵衛は片手に帳面を持ってもどって来た。

「はい、三両」
と言って、懐から出した紙包みをひろげて見せ、その金を市之丞の前に押してよこすと帳面を取り上げた。上体をねじってうしろの机から筆を取る。
「これでちょうど十五両になります。返す、返さないはともかく、頭に入れておいて
いただきますよ」
「かたじけない、恩に着る」
「はっきり申し上げますが、もうこれ以上は無理ですよ、金子さん。女郎買いとわか
って、遊び金を貸してやるのは商人のすることじゃありませんのでね」
屈辱半分、安堵《あんど》半分の気持を抱いて、市之丞は清水屋を出た。いそぎ足に蔵前の道
を南に歩いた。時刻はもう五ツ半（午後九時）前後だろう。ちらほらと見えていた通
行人の姿は消えていた。来るときは南の空にあった爪《つめ》あとのような三日月が、わずか
の間に西空に移っている。
——三両か。
とにかくこれで、三千歳に会えると思うと気持は小さくはずんだが、これが最後の
借金かと思えば、喜んでばかりもいられない気がして来る。
さきをどうする、と考えてしまうのだ。賭場《とば》に行ってせめて二倍にふやすかとも思

ったが、ひさしぶりの賭場で博奕《ばくち》の勘がうまく働くとは思えなかった。むしられたら、金子市之丞、万事はおしまいだ。

不意に暗い空に何かが動いたような気がした。場所は猿屋町に近い岡山新田藩の上屋敷と、上納米を納める幕府御勘定所の役所御廻米納会所《ごかいまいおさめかいしょ》の建物にはさまれた道である。気配がしたのは新田藩の屋敷の方だった。市之丞はとっさに屋敷の塀下に身をひそめると、刀の鯉口を切った。

暗い空に動いた物の気配は消えている。いや、消えたのではなく先方も市之丞に気づいて、気配を消して市之丞が動くのを待っているのかも知れなかった。市之丞も、息をひそめて待った。そのまま時が流れた。およそ四半刻《しはんとき》。市之丞がひそんでいる屋根の庇《ひさし》がことりと鳴った。

と、屋根から黒い物が飛んだ。ひとだった。だが飛び降りた場所は、市之丞の予想に反して、ゆうに三間ほどは先の地面である。ことりといったとき屋根の上を走ったのだ。音も立てずひとは地面に降り立った。

——夜盗だ。

市之丞は刀のつばを押さえて、ゆっくり道の中央に出た。かたむいた三日月のかすかな光の中で、屋根から飛び降りた人間は、市之丞を向いて不意に両手をひろげるようなしぐさをした。小馬鹿にしたようにも見えた。つぎの瞬間、黒い人影は市之丞が来た天王町の方にむかって走り、消えた。

六

丑松が来たとき、市之丞は着たままの姿で掻巻《かいまき》にくるまり、まだうつらうつらしていた。六ツ半（午前七時）に賭場《とば》からもどり、掻巻をひっかぶって寝たきりである。

「誰が来たって？」

「この前来た、丑松とかいうひとですよ」

市之丞はちっと舌を鳴らした。疲労困憊《こんぱい》していた。その疲労には、三日前に清水屋から借りて来た手持ちの三両を、残らず博奕《ばくち》で巻き上げられた気落ちがまじっている。

「道場の方は、どうした？　ばあさん」

「旦那《だんな》はおやすみだと申しましたら、松浦さまが稽古《けいこ》をつけて、みなさんさきほどお帰りになりましたけど」

「いま、何刻《なんどき》だ？」

「もう八ツ（午後二時）ですよ、ほんとに。おなかはおすきにならないんですか」

「それじゃすぐに支度しますけど、丑松さんをどうします？」

「上がってもらえ」

「妹だとかいう娘さんと一緒で、生きたまんまの鯛《たい》を持って来ましたよ」

「なんだ、それをはやく言わんか」

市之丞はあわてて起き上がると、掻巻を寝部屋にほうりこんだ。それから台所に行って顔を洗い、口をゆすいだ。

茶の間にもどると、丑松と若い娘がならんで坐《すわ》っていた。

「金子さん、こいつがお玉です」

「このたびは、おかげさまで助けていただきました。ありがとう存じました」

丑松に言いふくめられてか、玉が神妙に礼を言った。もともとは丸顔と思われる顔立ちが、わずかに頰《ほお》が痩《や》せて顔いろも青白いのは、この齢《とし》で宿場女郎の苦労を嘗《な》めたからかと、市之丞は傷ましい気分で玉を見た。

「身体《からだ》は大丈夫か」

と言った。

「それが家にひき取って来たその日から、高い熱が出ましてね」

と丑松が言った。

「医者を呼んだんですが、一時は助からねえかと思ったほどで。そんなことで、金子さんにお礼にうかがうのもおくれちまって、相済みませんでした」

「そんなことはいいさ」

と市之丞は言った。

「で、双葉楼との交渉はうまく行ったかね」

「ええ、五斗米市が無理に売りとばしたとわかって、お上の手が動いてると言いましたら、むこうの顔いろが変りましてね。請け出す金は、五斗米市に払った八両こっきりでいいと言うんですよ」

「そうか」

「これは、もどって来た二両です」

と言って、丑松は懐から出した二枚の小判を市之丞の前にならべた。

「金子さんにお返ししますよ」

「いや、それはまずい」

と市之丞は言った。喉《のど》から手が出るような金だが、受け取る名分がないと思った。

「この金はおまえが持っているんだな。いずれ馬の沓が前渡しの三両のことで何か言って来るだろうから、そのときは二両に値切って返したらどうだ」

「あんなやつに金をもどす義理はないと思いますがね」

「いや、そういうもんじゃない。ああいう人間は損得にさとくて、損を取り返すことにはとりわけ執念深いものだ。そのときの用意に持っている方がいいな」

「さいですか。では」

丑松は金を懐にしまった。

「お玉はこれからどうするのかね？」

「ええ、並木町のお茶屋にいい奉公先が見つかりましてね。ま、すっかり身体を治してからですが、そっちで働かせようと思っています」

「あたし、働くのが好きですから」

と玉が言った。顔に白い日が照るような笑いをうかべた。

「寝ているのもあきました」

「身体をいたわって働くことだ」

と市之丞は言った。丑松にはもったいない、かしこそうな娘ではないかと思っていた。

宿場女郎の境涯から救い出すのに手を貸したからというだけでない好意が、まだ少女めいた感じが残っている玉に動くのを感じる。玉には、市之丞がひさしく会っていない肉親を思い出させるところがある。市之丞は言い足した。

「そなたなら、いずれ嫁にしたいというひとも出て来るだろう」

「まだ、先の話ですよ」

と丑松が言った。そして玉に、おれは金子さんと話があるから、おまえは一人で先に帰れるかと言った。丑松はすっかり、妹思いの兄貴という顔になっている。

玉が丁寧なおじぎを残して出て行くと、丑松はすぐに膝《ひざ》をすすめた。

「この前ちょっと言った、儲《もう》け仕事のことですがね」

丑松は、妹の前では見せなかった鋭い目を、あけはなした襖《ふすま》の方に流した。

「ちょっといい話を仕入れたんですが、ひと口乗りませんか」

「…………」

「奥坊主《おくぼうず》の河内山《こうちやま》という男を知ってますか」

「名前だけは聞いておる」

「あっしが兄貴分と仰いでるひとなんですがね。そのひとからネタをもらった話で、仕事はゆすりです」

「…………」

「ざっと百両はとれるんじゃないかと言うんですが、二人でやってみませんか。うまく行ったら河内山に一割だけもどして、あとは山分けです」

「ほう」

耳よりな話だと、市之丞の関心は仕事の危険さよりも、分け取りする金の額の方にひきつけられる。

「あっしも、いつまでも雇われ料理人じゃ埒《らち》あきませんのでね。そのぐらいの金が入って、小料理屋の跡でも借りられれば、妹と二人で商売が出来ますし……」

「…………」

「どうですか。やり方はこの前五斗米市に行ったときと同じでいいんです。金子さんがうしろに控えていてくれれば、脅しの口上はあっしがのべます。小道具もちゃんとそろってて、面倒はないんですがね」

「しかし、しくじれば手がうしろにまわる話だな」

慎重な口ぶりで市之丞は言ったが、むろん承諾の意味で言ったのである。いまの窮地を救うような、ほかにどんな道があるだろうか。どんな道もなかった。

清水屋からのもどりに出会った夜盗は、新田藩上屋敷から百両近い大金を盗み出したというわさがあったが、市之丞にはそんな器用な仕事は出来ない。やるとすれば、せいぜい丑松が持ちこんで来たゆすりに乗るぐらいである。丑松の誘いは、市之丞には天来の声に聞こえた。

七

本宅は深川木場《きば》の方にあって、なかなかぜいたくな家だという話だったが、材木問屋遠州屋の神田《かんだ》浜町《はまちょう》河岸《がし》にある店も奥深くて、座敷にあるちょっとした調度品にも金がかかっていることがわかるような家だった。

かたむいた日が、市之丞と丑松のいる座敷の障子に上の方を染め、やがて白っぽく暮れた。少々お待ちくださいと言われ、一杯のお茶をふるまわれただけで、二人はさっきから半刻《はんとき》（一時間）以上も待たされている。

「いったい何だと言うんだ」

丑松が低い声で吐き捨てた。あきらかに、丑松はいらだっていた。

「ひとをコケにしやがって」

「まあ、あわてるな」

と市之丞は言った。

「うさんくさい客と思って様子を見ておるのかも知れん」

「それにしても、もう半刻はたちましたぜ」

「いいではないか。家の中に入りこんだからには、この勝負はずんとこっちに有利になっておる」

市之丞は低い声でなだめたが、内心は不吉な思いを押さえられなかった。まだ仕事にかかる前だというのに、どこかに手違いが起きたのだ。こんなに待たされるのはただごとではない。

いっそ、話を切り出す前にしっぽを巻いて引きあげるのが無難かと思ったとき、襖《ふすま》がひらいて無造作な足どりでひとが入って来た。

「やあ、やあ、お待たせしました」

二人の前にずかりと坐《すわ》ってそう言ったのは、四十半ばで顔の皮膚に光るようなつやのある男だった。長身でよくひきしまった身体を持ち、男の目は挨拶《あいさつ》する間にも油断のない光を宿して、市之丞と丑松の二人を値踏みしようとしている。

「なにしろせわしない商いでございましてな。お待たせしている間にも、つぎからつぎと店の方に客がありまして、いや、とんだ失礼を申し上げました。あたしが主の喜左衛門です」

男は名乗り、新しい茶をはこんで来た女が部屋を出て行くのを見送ってから言った。

「番頭の話だと、店では話せない大事な用件だということですが、さて、その用件というものをうかがいましょうか」

「ちょっとお買い上げいただきたいものがありましてね」

と丑松が言った。

「買い上げる？　あたしがですか」

「そうです。ここに……」

と言って丑松は着ている物の上から、胸を叩《たた》いた。

「手紙が二通ありましてね。これが売り物です」

「…………」

「間崎甚助というひとをご存じですか」

「知っています。しかしそのひとなら……」

「ええ、去年の秋に亡くなりました。幕府のお役人さんで、亡くなられたときのご身分は、御小普請方手代組頭《おこぶしんがたてだいくみがしら》でした」

「よくご存じですな」

遠州屋喜左衛門は、警戒するような微笑をうかべて、丑松と市之丞を交互に見た。

「それで？　間崎さまが何か？」

「この手紙は、遠州屋さんから間崎というひとにあてたものです。おぼえがあるかと思いますがね」

丑松は懐《ふところ》から、古びた封書を二通取り出して、膝の上においた。

「中身は、今度の入札の様子を内報してくれれば、金百両を進呈するといったような手紙です。どうしてこんな、あとの証拠になるような手紙をやったのか解《げ》せませんが、察するに遠州屋さんもその入札に加わっていて、間崎に会うのは憚《はばか》られたんでしょうか」

「なるほど」

「で、この二通の手紙が書かれた時期なんですがね。はじめの方は日光の東照宮さまを修繕なさったとき、あとの方は増上寺の方丈、御装束所などを修繕されたときの入札にぴったり合って、この二度とも材木の納めを落札したのは遠州屋さんなんだそうですね」

遠州屋は何も言わなかったが、顔いろがわずかに曇った。

「どっちも、いまから四、五年前の話ですが、しかしこういう手紙が残っているのは、遠州屋さんにとっちゃまずいんじゃないでしょうか」

「ちょっとお聞きしていいかな」

と遠州屋が言った。

「あなた、その手紙をどこから手に入れました？」

「さあ、そいつは言えません」

と丑松は言った。丑松はすっかり落ちついて、ゆすりがはじめてではないことをむき出しに示しはじめていた。

「あっしは無筆《むひつ》ですからね。何が書いてあるかわからないんですが、このひと……」

と言って、丑松は市之丞をちらりと見た。

「こっちの旦那《だんな》に読んでもらったら、この手紙には、読んだあと火にくべろと書いてあるそうですね。ところが間崎という御家人さんは無精なのか、それともほかに魂胆があってか、焼かないでとっておいたんですなあ」

丑松がそう言ったとき、また襖《ふすま》があいて男がもう一人入って来た。齢《とし》ごろは四十近くかとみえるのに、齢に似合わない妙にどっしりと落ちついた印象をあたえる男だった。

その男は、遠州屋と軽く目を合わせただけで、三人からはなれたところに坐《すわ》りこんだ。掛け合いに立ち合うつもりらしい。

市之丞はいやな感じがした。さっき二人をあんなに待たせたのは、この男を呼ぶためではなかったかという気がしたのだが、しかし男が岡っ引とか下っ引とかいうその筋の男たちでないことはわかっていた。男は商人だった。それも儲《もう》かっている商人によくみる、柔和な商人顔を持つ男だった。

「するとご用件というのは……」

と遠州屋が言った。

「つまりその手紙を買い取れということですかな」

「さすがに察しが早《はえ》えや」

丑松は、新しく来た男の方にすばやい一瞥《いちべつ》を流しながら言った。

「まったくそのとおりです。その方が、そちらさんもご安心出来るのじゃありませんか」

「すると、いかほどで」

「一通五十両」

それまで丁寧な口をきいていた丑松が、不意にぶっきらぼうな言い方をした。

「二通で百両。これは相場だろうと思いますがね」

「森田屋《もりたや》さん、お聞きになったとおりです」

遠州屋が言うと、後から来た男はなるほどねと言った。そして二人は顔を見合わせてうす笑いをかわした。

丑松が叫んだ。

「おい、何を笑っていやがる」

「いや、また偽物が出たかと思いましてね」

と、森田屋と呼ばれた男が言った。

「前にもこんなことがあったもんで。いやね、手紙の偽物を専門に仕立てる男がいるんですよ。いかにもありそうな文句をこしらえましてね。それが、ゆすりの種になります」

「偽もんじゃねえよ」

丑松が低く押さえた声で言った。

「出すところに出せば物を言う、本物の手紙だぜ。おそれながらと、あっちに出してやろうか」

「しかし、それをやったんじゃあんた方は一文にもならない」

森田屋がぴしゃりと言った。

「遠州屋さん、あなたその手紙、本物かどうかたしかめましたか」

「いや、まだだ」

「話はたしかめた後ですな。どれ、あたしが拝見しましょうか」

森田屋が手を出すと、まるで魅入られたように、丑松が膝《ひざ》の上の手紙をわたした。

とっさに市之丞は、片膝を立てて刀のこじりで畳を突くと、大声を出した。

「ちょっと待った」

だが森田屋はじろりと市之丞を見ただけだった。その無言の一瞥《いちべつ》に凄味《すごみ》があって、市之丞は坐り直した。この男、何者だろうと思った。

「ふむ、ふむ、なるほど」

森田屋は、手紙に目を走らせるとわざとらしく声を上げ、それから遠州屋を見た。

「遠州屋さん、これにはあなたが金を出して入札の中身を知ろうとしたように書いてありますが、案の定、真っ赤な偽手紙。あなたの筆とは似ても似つかないしろものです」

「おい、何をしやがる」

丑松が叫んだが、森田屋はその丑松にもつめたい一瞥をくれただけで、手の中の手紙をびりびりに破いてしまった。

「おい、てめえ。何というやつか知らねえがこのままじゃ済まされねえぞ。手紙を破ったからには、それは承知の上だろうな」

丑松がわめくのに、森田屋はにたにた笑いで答えた。

「ここは堅気の商人の店。おたがいに大声を出すのはやめましょうや」

「……………」

「あたしは日本橋室町《むろまち》の森田屋清蔵《せいぞう》という者です。献残屋《けんざんや》ですよ。河内山さんから名前を聞いていませんか」

「そんな名前は聞かねえな」

「ともかく、逃げも隠れもしませんから、文句があるならいつでも店の方にいらっしゃい」

「おう、行くとも。おれのつらをおぼえてろよ」

「どうぞ、いつでも」

と言ったが、森田屋の笑いは大きくなった。

「しかしくらやみの丑松さん。あなたはまだお上にひっかかりのある身体でしょ」

「……………」

いきなり名前を呼ばれて、丑松の身体が硬直した。

「この前の喧嘩《けんか》は、つかまれば牢屋《ろうや》入りの上に百叩《ひゃくたた》きの刑をくらうところですよ。それを、逃げまわってお茶をにごしただけの話じゃありませんか。いわば脛《すね》に傷持つ身で、こんなゆすりを働いちゃいけませんな」

「…………」

「遠州屋さんが訴え出れば、あなた、今度は島送りになるところですよ」

「…………」

「ま、しかし遠州屋さんは腹の太いひとだから、そんなことはなさらない。それどころか、たとえ偽手紙にしろ、それをもとでに稼ごうとしたもくろみがつぶれたのを、気の毒に思ってくださるかも知れない」

森田屋は遠州屋に膝《ひざ》を寄せて、何事かひそひそとささやき合った。向き直って言った。

「五十両、百両はとても出せないが、十両出すそうです。お二人で十両。このあたりで双方痛み分けということにしてはいかがですか」

川端に捨てられている古びた屋台の陰に、金子市之丞は黙って立っていた。そこから遠州屋の店先が見える。あたりはすっかり暗くなって、店の戸も閉っていた。だが森田屋清蔵は、まだ遠州屋の中にいるはずである。市之丞は、森田屋が外に出て来るまで待つつもりだった。

——一人で利《き》いたふうな口をききやがって。

と思っていた。目ざすゆすりには失敗したものの、五両の金が手に入ったので満足して帰った。丑松は、だが、市之丞は腹の虫がおさまらない。

もくろみがはずれたこともさることながら、森田屋に軽くあしらわれた感じが腹に据えかねた。森田屋が何者かは知らないが、苦もなく丑松の素姓をあばいたところをみると、ただの商人ではなく裏通りの世界にもくわしい男のようである。そういう男と知っていて、二人を怪しんだ遠州屋が呼びよせて扱いをまかせたのはわかっている。

——ひとつ、脅してやろうか。

と市之丞は思っている。殺すことはないが、顔をつぶされた礼はしなくてはなるまい。おれは丑松とはちがうぞとも思った。

河岸《かし》の道は、やがてぱったりと人通りがとだえてしまった。南の空に、この間見たときとあまり変らない三日月が、斜めにかしいでうかんでいるが、光はほとんど地上にとどいていない。

ようやく、遠州屋の横手の路地に提灯《ちょうちん》の灯が動き、そこから河岸《かし》の道にひとが出て来た。森田屋である。森田屋はさほどいそぐ足どりでもなく隠れている市之丞の方に歩いて来たが、およそ三間ほどまで近づいたところで、ぴたりと足をとめた。屋台の陰にいる市之丞に気づいたらしい。勘の鋭い男である。

市之丞は道に出て行った。すると提灯をかかげた森田屋が笑いかけた。

「なんだ、あんたさんでしたか」

「くそ、これを喰《く》らえ」

市之丞はつぶやくと、抜き打ちに提灯を斬《き》り落とした。燃え上がる提灯の火に、とびのいた森田屋の姿がうかび上がる。

市之丞は踏みこんでもう一度刀をふるった。浅く手傷を負わせてもいいつもりだったその切先を、森田屋は軽々とかわした。提灯の火はたちまち燃えつきてあたりは闇《やみ》につつまれる。その闇の中に、森田屋の声がひびいた。

「下総《しもうさ》流山のピン小僧。無理はいけませんぜ、無理は」

闇夜のつぶてにあたったように、市之丞は立ちすくんでいる。森田屋のあざけるような声は、誰にも話したことのない市之丞の素姓を言いあてていた。市之丞は、江戸に出る前は下総流山でピン小僧と呼ばれた、博徒の親分だったのである。

市之丞の耳に森田屋が走り去る足音が聞こえた。その軽やかな足音は、岡山新田藩の塀外で遭った夜盗の足音に似ている。

赤い狐

天保六花撰ノ内・森田屋

一

七ツ（午後四時）過ぎに、森田屋《もりたや》清蔵《せいぞう》は室町《むろまち》三丁目の自分の店を出た。お供も連れず、つい近所に用足しに行くような顔をしていたが、手には風呂敷《ふろしき》包みを持っていた。季節はそろそろ九月の半ばにさしかかろうとしていて、空が晴れると日中は暑いほどの日差しが降りそそぐものの、その日が傾くころにはもう首筋のあたりが涼しくなる。歩いて行く町に物の影が濃かった。

森田屋は店を出て大通りを北に歩くと、町年寄の喜多村の屋敷がある四辻《よつつじ》から、すぐ右に曲った。そのまま脇目《わきめ》もふらず大伝馬町《おおでんまちよう》の角まで来ると、また右に曲った。結局森田屋は塩河岸《しおがし》に出た。そして堀留《ほりどめ》の方に曲るとそこにある小さな古手問屋に入った。信夫屋《しのぶや》という森田屋の取引先の一軒である。

森田屋はそこで、顔馴染《かおなじ》みの番頭としばらく話をした。信夫屋の主人は留守だった。

人には商談に見えたろう。事実森田屋は、番頭と二、三商いのことで打ち合わせをした。しかしほかはどうでもいいような雑談ばかりだった。ついでに言えば、商いの打ち合わせも、格別いそぐことではなく、また森田屋の主人がじきじきに足をはこぶようなことでもなかった。

番頭と話しながら、森田屋清蔵はちらちらと表に視線を投げた。そして間もなく腰を上げた。

それを見て、信夫屋の番頭があわてて腰をうかした。

「これは気のつかぬことを。お茶でもさし上げましょう」

「いえいえ、おかまいなく」

森田屋は、番頭が自分の店の主人にもこのぐらいの愛想が欲しいと、いつもうらやむ品のいい笑顔をむけて手を振った。

「よそに行くついでに寄ったのですから、そんなに長居は出来ません。そのうちにまた」

「おいそぎになるところをみると……」

鬼がわらのような顔をした五十過ぎの番頭は、誰にでも言うとっておきの冗談を持ち出して、ぱっと小指を出した。

「さてはこれから、おたのしみですかな」

「まあ、そんなところです」

番頭は森田屋が言い終らないうちに、大口あけて笑い出した。そして店の外まで見送って出た。

番頭と挨拶《あいさつ》をかわしながら、森田屋は目の隅で河岸《かし》に積んである薪《まき》のそばに一人の男が立っているのをたしかめた。男は森田屋が室町の店を出るとすぐに、どこからともなく現われて跡をつけて来たのである。四十前後ののっそりした感じの、小太りの男だった。

――ふん……。

やっぱりな、と森田屋は思いながら、塩河岸からまた大伝馬町の通りにもどった。男はまだ跡をつけて来ているに違いなかった。

その男が室町の店の近辺に現われ、森田屋が外に出ると跡をつけて来るようになったのはざっとひと月ほど前、まだ江戸の町に夏の終りの、少し荒びた感じの暑熱が残っていたころからである。

顔に無精髭《ぶしようひげ》の残っていたりするのっそりした男だったが、その顔つきとか身体《からだ》つきとかに、見間違えようのない独特の感じがあるのがわかった。

彼らは、これと狙《ねら》いをさだめた獲物を見張ったり追ったり、時には鼻先で嗅《か》ぎ回ったりするのでいぬと呼ばれることもある。男はいずれにしろその筋の者だった。名のある目明しの手下かと思われたが、それとはまた違う筋の男であることも考えられた。

そう思うのは、一度男をためしたことがあるからである。半月ほど前の、今日よりもっと遅い時刻。たそがれ刻《どき》と呼ばれるころに、ちょっとしたいたずら心も働いて男を撒《ま》いてみた。だが結果は失敗だった。男は見かけほどのっそりしているわけではなく、なかなか見事な追跡ぶりを披露したのである。

――あれは……。

少々まずかった、と森田屋は男をためしたことを、いまは芯《しん》から後悔していた。男や男を森田屋に貼《は》りつけている人間が、どの程度までこっちを怪しんでいるのかはわからなかったが、あのいたずらはやつらの疑いを深めこそすれ、何の益もないものだったと気づいたのである。

もっとも先は見えていて、森田屋はそんなにお上を憚《はばか》って戦々兢々《せんせんきようきよう》としているわけではなかった。ただ、いまはこの時期に、あのうっとうしい男にまつわりつかれるのは困るのである。

森田屋は、浅草《あさくさ》御門を北に抜けて千住《せんじゆ》街道に出ると、茅町《かやちよう》の横町に曲って駕籠《かご》をたのんだ。

二

せっかく乗ったその駕籠を、森田屋清蔵は鳥越橋《とりごえばし》を渡ったところ、御米蔵のはずれで降りてしまった。

そして往来の人で混雑している蔵前《くらまえ》の町を、相変らず片手に風呂敷《ふろしき》包みを持った姿ですたすたと歩いて行ったが、御蔵前片町《おくらまえかたまち》と森田町《もりたちよう》の境い目の道にさしかかったところで、足をとめてうしろを振りむいた。男の姿は見えなかった。

もっとも、そこまで来る間に秋の日はすっかり傾いてしまって、蔵前の大通りには、ところどころに家混《いえご》みの間から洩《も》れる赤っぽい日の光が、筋になって道を横切るのが見えるだけで、町は往来の人間もふくめて全体として青黒いたそがれいろに染まりはじめていた。その中から男を見つけ出すのはむつかしかった。

しかし、もし人混みの中に男がいれば、勘でわかるのだ。森田屋は戸をしめはじめている角の履物屋の軒下に立って、しばらく路上に男の気配をさぐった。そして戸をしめる小僧がそばまで来た時に、追い立てられたという恰好《かつこう》をつくってついと店をはなれた。そしてすばやく角を曲って路地に入った。男の気配は消えていた。駕籠に乗ったのを見て、ひょっとしたら吉原《よしわら》にでも行くと思ってあきらめたのかも知れない。

路地の奥にすすむと、また日が差して来た。日没近い日差しは、本郷の台地の奥からほとんど水平にあちこちの木立や建物にぶつかりながらすすんで来て、ひっそりした町裏を照らしている。

森田屋は、片隅に塵芥《ごみ》が積んである河岸《かし》を、長い影をひいて斜めに横切ると、いそぎ足に新堀川《しんぼりがわ》を渡った。そして元鳥越町《もととりごえちょう》の間を抜けると、今度は鳥越川に架かる甚内《じんない》橋《ばし》を猿屋町《さるやちょう》側に渡った。この甚内橋がある場所は、むかし悪党の頭《かしらこうさか》向坂甚内が磔《はりつけ》になった土地で、森田屋にも、これからたずねる金子《かねこ》市之丞《いちのじょう》にも縁がないわけではない。そのあたりは、飯を炊くけむりが道にただよっているだけで、森田屋は誰にも会わなかった。

土間に入ると、案内を乞《こ》うまでもなく、突きあたりの部屋に金子市之丞がいるのが見えた。市之丞はいぎたなく畳に寝そべっている。枕《まくら》から頭をちょっと持ち上げて森田屋を見たがくるりと背をむけただけで、起き上がりもしなかった。

「どうも、よく来たというぐあいには参りませんようで」

森田屋が手を揉《も》んでそう言ったが、市之丞は襖《ふすま》の方をむいたままだった。その襖が一枚あいていて、向う側に板敷きの道場が見えているが、人がいる様子もなくしんとしている。もっとも、まだ日があるうちから主《あるじ》が寝そべっているようでは、はやっている道場とは言えないだろう。

森田屋は勝手に上がり框《がまち》に腰をおろした。

「季節はそろそろ秋も半ば。お昼寝は少し時期はずれではありませんか」

「………」

「風邪《かぜ》にご用心なすった方がようございますよ。このあたりではどうですか、日本橋界隈《かいわい》ではこのところ風邪が大はやりです」

「てめえの鼻水の心配でもしろ」

向うをむいたままで、市之丞が言った。

「何の用か知らないが、盗《ぬす》っ人《と》には用がない。帰ってもらおうか」

「これはご挨拶《あいさつ》でございますな」

森田屋は鼻で笑った。

「盗っ人は嫌いだが、辻斬《つじぎ》りはお好きというわけですかな」

がばと市之丞が起き上がった。身体を起こした時には左手に刀をにぎっていたが、森田屋はじろりと横目で見ただけだった。

腰から煙草《たばこ》道具をはずすと、音を立てて煙管《きせる》を抜いた。

「お火を拝借出来ますか、先生」

「何の用で来たと言っている」

「ちょっと、商売のお手伝いをお願い出来ないかと思いましてね……」

森田屋は首をねじって、部屋の奥をのぞいた。

「いま、お一人ですか」

「間もなく飯炊きばあさんが帰って来る。はやく帰った方がいいぞ」

「では、その前に……」

森田屋はそこまで持って来た平たい風呂敷《ふろしき》包みを、すいと畳の上に押してやった。

「ほんの手みやげです」

「……………」

「中身はどうということもない、越後屋《えちごや》の京菓子ですが、ほかに小判が入っています。どうぞ、おたしかめください」

市之丞は疑わしそうに森田屋を見た。そして風呂敷包みを引きよせるとあけて見た。

「いかがですか」

「……………」

「お手伝いいただければ、その五両は前金として、失礼ながらさし上げます」

「前金というと、後金もくれるのか」

「もちろんでございます。後金はずんとはずみまして倍の十両をさし上げるつもりでございますよ、先生」

「何を手伝わせようというのだ。憚《はばか》りながら金子市之丞、盗っ人の下働きはやらんぞ」

「もちろんでございますとも。先生がお好きなのは女に博奕《ばくち》、それに辻斬《つじぎ》り……」

森田屋は、ほい、しまったという思い入れで、わが口を手で覆ってみせた。

「つい、口が滑りました。お許しいただきます」

「……」

市之丞は手のひらの上で小判をもてあそびながら、つめたい目で森田屋を見ている。

「手前が欲しいのはその辻斬りの腕、といってもも人をあやめてもらっちゃ困ります。お借りしたいのは、その腕力でございまして……」

森田屋は部屋の中に顔を突っこむと、声を落とした。

「少々私ごとの怨《うら》みのあるお大名がいましてね。ひと泡吹かしてやろうかと、いまある仕事にとりかかったところですが、ついこの間から妙なじゃまが入って来ました」

「………」

「なに、相手はどうということもない三下《さんした》なんですが、小うるさくてしょうがない。それで、あたしがいざ仕事にかかるというときに、先生にそいつを押さえてもらうと大きに助かるのですよ」

「お大名というのは、本物の大名かい？」

市之丞が聞いた。

「氏家志摩守《うじいえしまのかみ》さま、本庄藩《ほんじょうはん》の殿さまですよ」

「ひと泡吹かせるというのは本気だな」

「本気ですとも」

「森田屋、おもしろいじゃねえか。その話乗ったぞ」

金子市之丞が、悪党の本性をさらけ出したような声でそう言ったとき、飯炊きばあさんのくまが帰って来た。

その姿を見ると、森田屋はすぐ立ち上がった。わざと大きな声で言った。

「と、まあそう言ったわけで、いかがでしょうか先生、少しせわしないようですがそのあたりでちくと一杯やりながら、後のご相談をいたしたいのですが」

三

「荷は七梱《こり》」

と森田屋は言った。

「二梱は海上で取引いたしました唐物で、中身は一梱が白砂糖と黒砂糖、一梱は鹿皮《しかがわ》と龍脳《りゅうのう》、明礬《みょうばん》、それに水牛角《づの》が詰めてあります。あとの五梱は松前《まつまえ》産の煎海鼠《いりこ》二梱、乾鮑《ほしあわび》二梱、鱶《ふか》のひれと昆布で一梱です。唐物はこの前申し上げましたように抜荷《ぬけに》の品で、煎海鼠や乾鮑は売買御禁制の品、いずれもしかるべきところに渡せばびっくりするような高値で引き取りますよ」

「…………」

「元値として、あたくしは三千両を頂戴《ちょうだい》いたします。小保内《おぼない》さまから儲《もう》けはいただきません。しかし三千両あたくしにお支払いになっても、これだけの荷がさばければご心配の東叡山《とうえいざん》御普請お手伝いの費用は十分に賄えます。お釣りが来るぐらいですよ」

「…………」

「荷の引き取り手は、むろんあたくしが周旋いたします。ご心配は何もいりません。

引く手あまたであっという間にさばけますです」

　森田屋はそこで口を閉じて、本庄藩江戸家老の顔をじっと見た。家老の名前は小保内主膳《しゅぜん》。赤ら顔で肩の肉の厚い大男である。その大男の顔に、決断しかけてはまた強い逡巡《しゅんじゅん》のいろがうかぶのを眺めながら、森田屋はやわらかく言った。

「やはり、ご心配でしょうか」

「むろんだ」

　と小保内は言った。家老の声は固かった。

「いかに費用の捻出《ねんしゅつ》に窮しているとはいえ、御禁制の品に手を出すのはいかにも気がすすまぬ」

「…………」

「一歩間違えば藩の破滅」

　小保内は膝頭《ひざがしら》をつかむと、暗い天井を仰いだ。二人がいるのは永田馬場《ながたのばば》の本庄藩江戸上屋敷のひと間で時刻は六ッ半（午後七時）を回ったころである。表の部屋部屋に詰める家臣たちは、宿直《とのい》の者を残してそれぞれ邸内の長屋に引き取ったとみえて、二人がいる家老部屋のあたりは森閑として人の声も聞こえなかった。

　森田屋がすすめているのは、唐物の密輸と売買禁制品である俵物の転売である。俵物は抜荷《ぬけに》の交換品として相手方に喜ばれるので、森田屋が言うように、しかるべき買い手がつけば大喜びで高値を付けるだろう。

「それでは、今回はやめといたしますか」

と森田屋が言った。森田屋は言葉同様に、ものやわらかな微笑を顔にうかべた。

「無理にはおすすめしませんよ、なにせ御法に触れる取引ですから。はい、お気持はよくわかりますです」

「…………」

「ほんとはそんなに危ない橋を渡らずとも、どこぞから借金が出来ればそれに越したことはないと存じますよ。いえ、あたしの方はいっこうにかまいません。ほかに頼まれているところもございますし、なに、小保内さまが手をひくとおっしゃれば、自分で売りさばいてひさしぶりに儲《もう》けてもいいのです」

「ちょっと待て」

小保内は手をあげた。

「ほかに金を借りるところがあるなら、新参のそなたにまで相談をかけたりはせぬ」

「はい、さようでございましたな」

財政逼迫《ひっぱく》に苦しむ本庄藩は、多年藩出入りの御用商人から金を借りつづけて来たが、近年は借りつくしたと言われていた。借財を返すどころか、近ごろは利息の支払いまでとまったので、さすがの御用商人たちも相手にしなくなったのである。

そこに降ってわいたのが、上野山内の堂塔修繕の手伝いを命ずるという幕府命令だった。要する費用はざっと見積もっても一万両。工事は来年春からはじまる。

費用が工面出来ないのでお手伝いが叶《かな》いませんでは済まないので、藩では江戸屋敷を中心に、新たな金策に狂奔した。と言っても格別の名案があるわけではなく、結局は長いつき合いの出入り商人の店を回るしかなかったのだが、当然ながら商人たちの協力ぶりは香《かんば》しくなかった。逆さに振られても鼻血も出ませんと、憎さげなことを言う者もいた。

結局、掻《か》きあつめた金は三千両ほどで、見込まれる費用の三分の一にも充《み》たなかったのである。

あらましのそういう事情を打ち明けた上で、小保内家老は、献残屋《けんざんや》として出入りをはじめてまだ二年にもならない森田屋にまで、借金を申し入れて来たのである。ふた月ほども前のことである。よくよく追いつめられてのことだろう。

森田屋はそのとき、献残屋などという商いはまことにしがない商売で、お貸し出来るとしてもせいぜいが五百両、とてもお役には立ちますまいと言い、しかしほかに大金が入る道を知らないわけではありませんと言って抜荷《ぬけに》の話を洩《も》らしたのである。

小保内家老は興味を示した。話を聞きたいと言った。背に腹はかえられないところに来ていることもさることながら、危険は一切なくうまくいけば一万両を越える利が転がりこむだろうという夢のような話が、積年苦しい借金で藩財政を賄って来た家老を、いたく刺戟《しげき》したことはたしかだった。

話を聞いて家老は乗気になった。しかし、いざ段取りが今夜のように、具体的な御禁制の船荷のことにまでおよんで来ると、さすがに恐れは小保内家老の大きな身体《からだ》をしめつけて来るらしかった。

家老が二の足を踏んでいるのが、森田屋には手にとるようにわかった。しかし、ほかに金策の手はなく、家老が結局は目の前の話に喰《く》いつくしかないこともわかっていた。

「もはや鼻血も出ぬなどと申すが、なに、金はまだたんまりと持っておるのだ」

小保内家老は、また出入り商人たちとの古いやりとりを思い出したらしく、憤懣《ふんまん》の声をあげた。

「ただ、本藩にはもう貸さぬというわけだ。恩知らずの者どもめと思わぬでもないが、二十年来、元金が一両でも返るどころか近ごろ利息も滞りがちときては、嫌われるのも無理はなかろうて、は、は」

小保内はうつろな笑い声を立ててから、森田屋をじっと見た。そして太い溜息《ためいき》をひとつついた。

「さて、どうしたものかの」

「荷は浦賀《うらが》を無事通りまして、もう、品川《しながわ》に着いております」

森田屋は、家老の逡巡には取り合わずに話をすすめた。

「ご決心がつけば、荷は艀《はしけ》に積んで芝口《しばぐち》河岸まではこびます。ここには荷蔵がありまして、いえ、あたくしのじゃありません。ごく懇意にしている廻船《かいせん》問屋の持ちもので、借り料を払ってこの蔵の隅を使わせてもらえるようになっております。荷はここにおさめます」

「…………」

「芝口に来るまでに汐留川《しおどめがわ》の入口、御浜御殿《おはまごてん》のそばに御船手《おふなて》の船番所がございますが、ここのお調べはほんの形だけ、船頭に頬《ほお》かむりをとらせるぐらいのもので、何の心配もありません。よしんばここで引っかかったとしてもです、こちらさまとは何のかかわりもないわけですから、気に病むことはひとつもございません」

「…………」

「なに、浦賀の御番所の厳重なお調べにくらべたら、お話になりませんね」

「どうやって、浦賀を通り抜けたのだ」

と家老が聞いた。べつに興味があって聞いたというのではなく、決断を先にのばすために寄り道をしているような物の言い方だった。その顔をじっと見ながら、賄賂《わいろ》でございますよ、と森田屋は言った。

「浦賀にはふだんからお金を播《ま》いておりまして、顔馴染《かおなじ》みのお役人さまもおられるという寸法です。袖《そで》の下をさし上げるかわりに、底荷のお調べには手心をいただくという約束ですな。いえ、賄賂を使うのはあたくしじゃなくて、さっき申し上げた廻船問屋です」

「大そうなことをやるものだの」

小保内家老はそう言ったが、やはり心ここにないような顔つきをしている。何か、話題とはべつのことを一心に考えているように見えた。

その顔を注意深く眺めながら、森田屋は言った。

「荷蔵で取引をしては怪しまれますので、船荷はいったんこちらのお屋敷まではこびこんでもらわなくてはなりません。念のために一度にでなく一日に二梱《こり》ぐらいずつでも馬ではこべば、まず何の心配もございますまい」

「…………」

「こちらさまにやってもらうのは、その荷運びだけです。それがうまく行けば、小保内さま、手取り一万両を越える利益はあなたさまのものです。買い手はお約束どおり、あたくしがそろえます」

「よし、森田屋」

小保内が、低いが腹の底から出たような凄味《すごみ》のある声を出した。

「世話に相成ろう。よしなに頼む。なに、いざというときは、わしが一身にかぶって腹切れば済むことだ」

四

森田屋は京橋《きょうばし》をわたって南伝馬町《みなみでんまちょう》の通りに入った。森田屋ほどの悪党が、興奮でまだ頭を熱くしていた。

――とうとう、嵌《は》めてやったぜ。

と思っている。

本庄藩に近づいたのは、長い間さぐりを入れているうちに、本庄藩の財政が、ここ数年の間にいよいよ行き詰まって来たことを知ったからだった。いずれは抜荷を持ち出してひっかけてやろうと思っていたところに、藩が上野の堂塔修繕の御手伝いを命ぜられるという、森田屋にとってはねがってもない展開となったのである。

——あれがなかったら……。

いくら台所が苦しいといっても、抜荷の品に手を出したかどうかは疑問だ、と森田屋は思っている。

先代の本庄藩主志摩守光康《みつやす》は、鷹狩《たかがり》を好んだ。その好みの程度はほとんど淫《いん》しているというほかはなく、在国中はひまさえあれば鷹狩に出かけ、家臣の間には殿は鷹狩のために帰国なさるのだという陰口さえ聞かれた。

財政の逼迫《ひっぱく》を意に介さず、すぐれた鷹の捕獲と飼育に金と人手をかけるのを厭《いと》わず、鷹匠組《たかじょうぐみ》の人数をふやして優遇し、また領内にむやみやたらに御留場《おとめば》と称する鷹狩のための殺生《せっしょう》禁断の山野を設けたので、家臣も領民も大いに迷惑したという。

ある年の秋に、志摩守光康は領内の北部滑川《なめがわ》郡にある米吉谷地《よねきちやち》に鷹狩に出かけた。米吉谷地は、ところどころに湿地がある広大な荒れ地だが、多くの鳥が棲《す》むので鷹狩には恰好《かっこう》の場所となっていた。むろん御留場である。

ところがその日は、寒い天候のせいか、それとも引率して来た勢子《せこ》の人数が少なかったせいか、いくら獲物を追い立てても一羽の鳥も見つからなかった。次第に志摩守の機嫌がわるくなった。

空はおおむね曇りで上空に速い風があった。そして時どき雲が切れるとその間からまぶしい日差しが地面を照らした。しかしその日差しはあっという間に芒《すすき》の群落や丈高い枯れ草、苔《こけ》の這《は》う湿った地面の上を走り抜けて消えてしまい、野はふたたびうすら寒い雲の影に覆われてしまう。

そして風は時々地上にも吹きおりて来て、ほうけた芒の穂をなびかせ、白い茎を鳴らした。その風が次第に寒さを増して来るのも、志摩守の機嫌をそこねているに違いなかった。

怒りをこらえている藩主の顔を見て、つき添って来た重臣が、もう一度追わせてみましょうと言った。命令が伝えられて、勢子たちが風下に散り、何度目かの追い出しにかかった。

そしてついに一羽の鶉《うずら》が姿を現わした。鶉は、それまで辛抱づよく草陰を逃れ走っていたものの、ついに恐怖に駆られて空にむかって羽ばたいてしまったのだ。最初芒の株の根元から飛び立った鶉は、一度すぐそばの草むらに降りたが、勢子の声に追われると、今度は少しはなれた枯れ草の間から高く飛び上がった。

その瞬間、藩主のこぶしをはなれた大鷹《おおたか》が、その上空に駆け上がり、そこから矢を射込むように直線的に鶉に襲いかかった。二羽の鳥は同体に枯れ草に落ちて、白い柔毛《にこげ》を散らしたが、そのときには、よく訓練された大鷹は長い爪《つめ》の下にしっかりと鶉を押さえつけていた。

鷹匠《たかじょう》と勢子をつとめている足軽の一人が、機敏に駆け寄ると鷹と獲物をわけた。そして鷹匠は大鷹をこぶしにもどして立ち上がり、足軽は獲物の鶉の脚を紐《ひも》でゆわえた。そして紐の残りを懐にもどそうとしたのだろう。膝《ひざ》の上の獲物を地面におろした。

その直後に、思いがけない異変が起きた。丈高い枯れ草の奥から飛び出した赤犬のようなものが、すばやく獲物を横取りすると、あっという間に走り去ったのである。

「おッ、狐《きつね》だ」

目撃した人々が赤犬の正体に気づいて叫んだときには、狐はもうはるかむこうの枯れ草をそよがせながら疾走していて、一度草のない湿地を横切るときにちらと姿を見せたのを最後に、その奥の草原に姿を隠してしまった。

むろん足軽は驚愕《きょうがく》して狐を追った。途中で湿地の泥に足をとられて二度もころびながら、足軽はなおも走りつづけたが、その目は狐を見ているわけではなかった。足軽は、ただ走るほかはないから走っていたのである。そして、朝から行なわれた鷹狩のただ一羽の獲物が消え失《う》せた。その日は狩用の犬を使っていなかったのも災いしたのである。

「さて、あの者を、いかように処分いたしましょうか」

走るのをやめたものの、途方に暮れたようにこちらをむいたまま小さく立っている足軽を見ながら、重臣は阿《おもね》るように言った。

「まさか、無事に済むとはあの者も思ってはおりますまい」

「物の役に立たぬやつめ」

志摩守は、怒りと寒さで赤黒くふくれ上がった顔を、身動きもせず立っている足軽にむけながら罵《ののし》り、馬の鞍《くら》に手をかけた。城にもどるという意思表示である。重臣に目をもどすと、志摩守は短く言い捨てた。

「見せしめのために、成敗いたせ」

鷹狩の一行が帰城したときには、城は夜色につつまれていた。そしてその夜のうちに足軽は打ち首になった。足軽の齢《とし》は三十二、まだ若かった。

――その足軽が……。

おれのおやじだ、と思いながら、森田屋は本庄藩で借りた提灯《ちょうちん》を片手に日本橋にむかう道をゆっくりと歩いた。道は通り町《ちょう》二丁目にさしかかっている。煌々《こうこう》と明かりをともしている紙問屋伊勢屋《いせや》の店先が見えて来た。遅い荷が着いたところらしく、黒い人影が数人、二台の大八車からいそがしく店の中に荷をはこび入れている。

商売繁盛《はんじょう》のその光景を横目に見ながら、森田屋は店の前を通り過ぎた。すると町はまたひとしきり暗くなって、明かりは足もとを照らす提灯の光だけになった。

鷹狩《たかがり》で何があったのかを話してくれたのは、その日一緒に勢子《せこ》をつとめた父親の朋《ほう》輩《ばい》の足軽だった。しかし一家の主《あるじ》の死を十分に悲しむひまもなく、追いかけて死罪の足軽の家の者に領外追放の命令がとどいた。

組屋敷を追われた身重の母親とそのとき七歳だった清蔵は、世話する者がいて江戸に出た。しかし元来病弱だった母親は、江戸に落ちつくと間もなく腹の子を流産した。突然の不幸に痛んだ心と長い無理な旅に身体が堪えられなかったのだろうと、いまなら森田屋は容易に推測がつく。

母親は、身体が回復するとある商家に奉公したが、病気がちの体質は変らず、むしろ年ごとにだんだんに弱って清蔵が十二のときに病死した。そのころから、清蔵の胸の底に旧藩に対する怨《うら》みが暗くくすぶるようになった。

父親を殺し、一家を追放したのが藩主なのか、それとも重臣たちなのかはわからなかった。しかし、たかが一羽の鶉《うずら》のために一家をめちゃくちゃにしやがってと清蔵が思うようになるまで、そんなに手間ひまはかからなかった。

十二で孤児になった清蔵は、その後表と裏の世界を出たり入ったりしながら大人になった。そしてやがて室町に店を構える献残屋《けんざんや》の主人の顔と、裏側の抜荷《ぬけに》の頭《かしら》の顔を使いわけるようになったのだが、その間も旧藩に対する怨みは消えることなく持続していたのである。

森田屋は今度こそ好機を迎えていた。国元を追放されてから四十年経《た》って、ようやく窺《うかが》っていた報復の機会がおとずれたのである。

前方に小さな明かりが見えて来た。通り町一丁目の木戸の灯だろう。そこを通り抜ければ日本橋である。だが森田屋はその灯を見ていなかった。赤い狐を追って走っている父親を見ていた。

五

時刻はまだ六ツ半（午後七時）ごろだろうが、日の暮れが早いので町は深夜のように暗い。

森田屋はこの前のように提灯《ちょうちん》を片手に塩河岸《しおがし》に出たが、堀留町《ほりどめちょう》の馴染《なじ》みの古手問屋は見むきもせず、その前をすたすたと通り過ぎた。例のその筋の男が跡をつけて来ているのは承知の上だった。振りかえらなくとも、うしろに男がいるのは気配でわかった。

森田屋は東の堀留の河岸を右に、新材木町《しんざいもくちょう》の方にわたった。河岸を親父橋《おやじばし》のところまで来ると、対岸の堀江町《ほりえちょう》側にひとところきらびやかな灯影《ほかげ》が動き、かすかに三味線の音も聞こえるような気がしたが、森田屋はやはりそちらは振りむきもせず、今度は小網町《こあみちょう》河岸に曲った。

そこまで来ると河岸はひろく、目の前の日本橋川の川幅もひろく、あたりは急に闇《やみ》が濃くなる。森田屋は鎧《よろい》の渡しの手前にさしかかった。

そのときうしろで、雑巾《ぞうきん》を棒で叩《たた》いたような物音と、人が倒れるような音がした。打ち合わせどおりに、金子市之丞が跡をつけて来た男を始末したのだと思われた。

といっても、市之丞は男を殺したわけではなく、気を失うほどに棒で殴りつけただけのはずである。そのあと手足と口の自由を奪って、河岸にならぶ商家の軒下に片寄せておくことになっているのだが、はたしてその通りに仕事がはこんでいるのかどうか、物音が起きたあとは背後ではことりとも物の気配がしなかった。

しかし森田屋は、うしろを振りかえることもなく、変らない足どりで河岸の道をいそぎ、やがて少しひっこんで河岸の奥に建っている、ひと目で奥川筋の船積み問屋の蔵とわかる土蔵の前に立った。土蔵の扉はほんの少し開いていて、中から糸のような灯影が見えている。

森田屋は重い扉をあけて、土蔵の中に入った。すると木箱の上にひろげた図面のようなものを眺めていた男が、立ち上がって森田屋を迎えた。

「お頭、ごくろうさんで」

「しッ」

と森田屋は言った。

「明かりが洩《も》れてるよ。用心しな」

「へい」

男はにが笑いをした。齢《とし》ごろは三十半ばで、船の中では帳場と呼ばれている男である。船乗りにしてはさほどに潮焼けが目立たないが、目つきが鋭かった。

「どうもあっしは、この土蔵というやつが苦手でして。なんか、こう、息がつまるような気がしてめえりますもんで。ま、以後気をつけまさ」

言いながら、男はすばやく図面を畳んだ。それから床に坐《すわ》った森田屋の前に、木箱の上から行燈《あんどん》をおろした。

「で、首尾はいかがでしたかい」

「うまく行った。やつらは乗ってきたぞ」

「おもしれえことになりましたな」

帳場は目を光らせた。

「そこで例の荷ですが、むこうはいくら払うと言ってますか」

「三箱、三千両だ」

「ヘッへ、こいつは上出来だ」

帳場はうれしそうに笑った。

「ざっと半分がとこ、儲《もう》かる勘定ですな。さすがお頭だ、商いの方も抜かりはねえや」

「むこうにとっちゃ、それが有り金だろうよ」

森田屋は冷酷な口調で言った。

「七梱《こり》の荷の積み出しは大丈夫か」

「へい。手配は済んでます。はこぶのはいつもどおり、ここでいいんですね」

「いや、そいつが少し具合がわるくなった」

森田屋がそう言ったとき、土蔵の外でかたりと物音がした。帳場がとっさに行燈の灯を吹き消した。

暗やみの中でいっとき息をひそめてから、帳場は立ち上がった。入口まで歩いてそっと土蔵の戸を押す。そのまましばらく様子を窺《うかが》ってから、するりと外に出て行った。

帳場はなかなかもどって来なかったが、森田屋は黙って坐《すわ》っていた。帳場は信用の出来る男で、こういうときはまかせておけばいいのである。はたして、帳場は間もなくもどって来た。まったく足音を立てない男で、森田屋は土蔵の戸がぎっと鳴るかすかな音で、帳場がもどったのを知った。

「ご心配いりません。猫でした」

と帳場は言い、すぐに火打ち石を鳴らした。やがて火口《ほくち》が赤くなり、帳場は火口を吹き吹き、火を行燈《あんどん》に移した。また、二人の影がゆらゆらと揺れて、土蔵の中にのび上がった。

「具合がわるいというのはだ」

森田屋が話をもどした。

「近ごろ、おれをつけているやつがいるのだ」

「つけている？」

帳場は目を糸のように細くして、森田屋を見た。

「いつごろからですか」

「それよ、ひと月ほども前からかな」

「奉行所ですか」

「かも知れねえが、ちょっと違う気もするのだ」

「…………」

「加役《かやく》の筋かも知れねえ」

帳場は考えこむようにうつむいた。火付盗賊改め、俗にいう加役の捕物は、情無用で知られていた。悪事の現場に踏みこめば、容赦なく悪党たちを斬《き》って捨てる。加役が使っている目明しも、町奉行所のそれにくらべて人柄もやることもすどいとも言われている。

いずれにしろ加役に目をつけられたら、悪事を働く者は命がけの覚悟がいる。帳場は顔を上げた。

「何か、思いあたることがありますか」

「米次郎《よねじろう》かも知れねえ」

森田屋は持ち船の水夫頭《かこがしら》の名前を口に出した。

「この前の商いのとき、残り荷の受け渡しで不手際を出した。それで、船にもどれなくなった米次郎がひと晩、室町に泊ったのだ。事情は聞いたろう」

「ああ」

帳場は納得した顔色になった。

「なるほど、米さんじゃどっからみても船乗り。室町のお店にゃ似合いませんからね。そいつはやばかった」

「そうじゃねえかという話だ。たしかなことじゃねえ」

「すると、ここも……」

「いや、まだ気づかれちゃいねえと思うが、調べれば森田屋とのつながりはすぐにわかる。そこで今夜も、ついて来た男をついそこまで引っぱって来たのだ。わざとこのあたりが怪しいと思わせる寸法さ」

「…………」

「なに、心配はいらねえ。その男は人を頼んで押さえさせてある。おれがもどって河《か》岸《し》から離れるまでは、声を立てねえように見張っているはずだ」

「なるほど」

「そういうわけで今度の商いは河岸を変える」

と森田屋は言った。

「荷を降ろすのは、芝口河岸の相馬屋《そうまや》の荷蔵だ。相馬屋とは打ち合わせ済みだから、心配はいらねえ」

森田屋はその先は事務的な口調になって、帳場を相手に荷降ろしの日時、荷と三千両の金の受け渡しの手順などをこまごまと指示した。

「荷改めには本庄藩の人間と安房屋《あわや》が立ち会う。万事安房屋が心得ているから、いつもの通りにやればいい。引渡しが済んだら、その場で三千両を受け取るのだ。その段取りはつけておく」

「わかりました」

「今度の取引は、さっき言ったことがあるから米次郎は顔を出しちゃいけねえ。采配《さいはい》をとるのはお前だ」

「へい、合点です」

「荷を全部引き渡したら、中一日おいて三日目の夜、いいか忘れるなよ、三日目の夜の四ツ（午後十時）ごろ、芝口河岸の相馬屋の蔵の前に小舟を持って来い」

「それでいよいよ引き揚げなさるんで？」

「そうだ」

「お頭一人ですか」

「あたり前だ。おれには係累《けいるい》はいねえよ」

「しかし……」

と言いかけたまま、帳場は口をつぐんだ。そして語気を変えて、船の者が喜びますぜと言った。

「そういうわけだから、よしんば加役が動いたとしてもちょっとの辛抱だ。こわがることはねえ。しかしおれが船にもどるまでに、何が起こるかわからねえから、船をはなれるなと徳兵衛に言え」

と、森田屋は最後に信頼あつい船頭の名前を口に出した。

六

虎屋《とらや》から迎えが来た、と襖《ふすま》の外から新造が言った。

「まだ、帰るには早うありんす」

と三千歳《みちとせ》が拗《す》ねた。頰《ほお》をぽっと赤くし、口をとがらせた横顔が童女めいて若々しい。ちっとも齢《とし》をとらない不思議な女だ、と思いながら、森田屋は三千歳の手を取って、やわらかく叩《たた》いた。

「さあさ、駄々をこねないで今夜は帰しておくれ。なに、じきにまた来る。おっと、忘れるところだった」

森田屋は壁ぎわに置いた風呂敷《ふろしき》包みを引き寄せると、それをそのまま三千歳の膝《ひざ》の前に置いた。

「中に百両の金が入っている。あとでたしかめてみるといい。無駄使いはいけませんよ。そうそう、間違いがあると大変だから、この金はおかみに預けて物入りのときに使いなさい」

「こなさんえ」

三千歳は、包みには手も触れずに森田屋の顔をじっと見た。

「もう、ここへは来いせんつもりざますか」

言うと同時に、三千歳の目がみるみるうるんだ。おやおやと森田屋は言った。

「おまえさんに、そんなに好かれているとは夢にも思いませんでしたよ」

「…………」

三千歳は、歯を喰《く》いしばって首を振ってから言った。

「直《なお》さんとは縁を切りいした。金子さんは、ちっとも来いせん。古い馴染《なじ》みといえばいまはこなさんただひとり、そのこなさんもと思うと、わちきはほんにさびしおす」

「なるほど」

森田屋はにこにこ笑った。

「色男気分にしてもらって大そううれしいが、しかしそれはあんたの思い過ごしだ」

「…………」

「このお金はそういうつもりじゃなくて、近ごろ少うし余分に儲《もう》かったものでね。あんたにもお裾《すそ》わけして喜んでもらおうというわけですよ」

「嘘《うそ》お言いなんし」

「いや、ほんと。たとえ短い間とはいえ、縁あってあんたとはひとつ屋根の下で暮らしたこともある仲だ。森田屋清蔵、決してあんたを赤の他人とは思っていない印と考えてくれればいい」

さあ、笑った笑ったと言いながら、森田屋は三千歳のあごをつまむと頬にあふれた涙を懐紙でぬぐってやった。女盛りの白くなめらかな頬だった。

大口屋の者たちに見送られ、虎屋から来た男の迎えをうけて、森田屋は妓楼《ぎろう》を出た。迎えは由吉《よしきち》という顔馴染みの男で、由吉のような男たちは廓《くるわ》では消炭と呼ばれている。寝ていても、起こされればはね起きて客を迎えに行くのが男たちの仕事だからである。

袂《たもと》の中で、由吉にやるおひねりの金をさぐりながら、森田屋はひょいと大口屋を振りかえった。四ツ（午後十時）を過ぎたばかりの廓の内は、まだどの見世《みせ》も煌々《こうこう》と灯をともし、道にはこれから登楼しようという客や、ひやかしが目的の男たちなどが群れ歩いていて、大口屋の前では、馴染《なじ》みの客を見つけた禿《かむろ》が、すばやく袖《そで》を引いて見世に引き入れにかかっている。

――三千歳とも……。

もう会えぬ、と森田屋はこの男にしてはめずらしく、湿った心でそう思った。そう思ったとき、有明行燈《ありあけあんどん》の光の中で跳ねた、白くやわらかい身体《からだ》が幻のように目にうかんだ。

豊満な身体の奥に、一点童女めいた心を隠している不思議な女だったという気持が残っている。だがそう言っても、森田屋はただ女に対する未練だけで気持を湿らせているのではなかった。女の盛りは短かろうとも思っているのである。三千歳が衰えたそのときに、自分がそばにいてやれないのが不憫《ふびん》だった。

そして森田屋は、自分の胸の底にある、女子に対するその種のあわれみが、遠いむかしに、不しあわせのままで死んだ母親の思い出につながっていることを知っていた。

しかし感傷にひたるには、虎屋までの道は短すぎたようである。森田屋と由吉は仲《なか》の町《ちょう》の通りに出た。引手茶屋が軒をならべるそこは、道にいっそうまぶしい光があふれ、森田屋はたちまち虎屋の前に来ていた。

「ごくろうさん」

森田屋はねぎらって、由吉におひねりを手渡した。

「金子さんは来ていなさるかね」

「はい、お待ちかねでございます」

森田屋を玄関にみちびきながら、由吉がかしこまって答える。

「二人だね」

「はい、お二人でございます」

「では番頭さんに、そのお二人をすぐにあたしの部屋に回すように言っておくれ」

と森田屋は言った。

大口屋に行く前に遊興に使った部屋にもどると、待つほどもなく三人分の膳《ぜん》がはこばれて来て、つづいて男が二人部屋に入って来た。着流し姿の金子市之丞と、小太りで丸い顔をしたくらやみの丑松《うしまつ》である。

「お呼び立てして申しわけありませんね、金子さん」

人払いするとすぐに、森田屋は市之丞にそう言った。丑松には目もくれなかった。

「一杯やる前に、用事を片づけてしまいましょうか」

森田屋は懐から膨らんだ財布をつかみ出し、二人が見ている前で無造作に小判を十枚出すと、市之丞の前に押しやった。

「これが後金です。どうぞお納めください」

「では、遠慮なくもらうぞ」

「いや、この間は助かりました。じつに見事なお手並みで、さすがは金子さんと感心いたしましたよ」

言ってから森田屋は、はじめて見るような顔で丑松を見た。

「こちらさんは？　はて前にお会いしたことがあるような気もするが……」

「仲間の丑松だ。浜町河岸《はまちょうがし》の遠州屋で、一度会っておる」

「あ、そう、そう。くらやみの丑松さんでしたな」

森田屋はようやく思い出したという表情をつくり、近ごろ物忘れがひどくていけませんと言った。わざと小物扱いしたのだ。丑松が傷ついたような顔をした。

「すると、この丑松さんがお頼みした人で？」

「さよう。虎屋から来た使いの手紙には、度胸があって信用の出来る者とあった。丑松は信用出来る男だ。胆《きも》も据わっておる」

「けっこうですな」

森田屋は一転して、にこにこ笑いながら丑松を見た。

「ではさっそく、相談に乗ってもらいましょうか。少しこっちに寄ってください」

森田屋は膳《ぜん》をどけて、膝《ひざ》の前に二人を招きよせた。

「仕事は簡単です。多分今日から四日目の晩、時刻は追って金子さんまで知らせますが、決められたお屋敷に、それぞれに投げ文《ぶみ》をしていただくだけです」

「ちょっと待った」

丑松が口をはさんだ。声が険しいのは、森田屋に小物扱いされて頭に来ているのかも知れなかった。

「お屋敷てえと、相手はお武家かい」

「さようでございます。そうそ、先に申し上げましょう。一軒は町奉行所に勤めなさる、さる与力衆《よりきしゅう》のお家、もう一軒はお旗本の屋敷ですが、この家の主《あるじ》は幕府の大目付というお役目を勤める方です」

森田屋が言うと、市之丞と丑松は顔を見合わせた。また丑松が言った。

「やべえことはねえのかい」

「さあ、そこがあなた方の腕の見せどころ」

と森田屋は言った。

「と言っても、そんなにむつかしいことでもございますまい。あたしが書き上げて渡す封じ文《ぶみ》を、要するに今言ったお屋敷の門の内に投げこんでもらえばいいのです。欲を言えば玄関先まで踏みこんでもらいたいところですが、ま、無理は禁物。人に見咎《みとが》められないように、おおよその時刻を合わせて投げ文してもらうのが肝心なところです」

「…………」

「お引きうけいただければ、お一人に十両ずつ、この場で即金でお払いしましょう」

「…………」

市之丞と丑松は、また無言で顔を見合わせた。その二人を、森田屋はやんわりと脅した。

「前金で払うと言ったからと、この森田屋を甘くみてもらってはこまりますよ。引きうける以上は必ずやっていただきます。あなた方も悪党なら、まさか金をもらって裏切ることもなさいますまい」

「よし、やってみよう」

と市之丞が言い、丑松もぜひやらせてもらいますと言った。丑松はつけ加えた。

「いや、おどろいたな。大した太っ腹のひとだぜ、この人は」

つぎの日の夜は、森田屋はひと晩中、本庄藩江戸屋敷の家老の居間の天井にひそんでいた。そろそろ五ツ半（午後九時）を回るころだろうと思われる時刻になって、ようやく下の部屋から、森田屋が待っていた話し声が聞こえて来た。

「ただいまもどりました」

と言った声は、石沢という近習組《きんじゅぐみ》の男である。小保内家老の企《たくら》みを補佐していた。

「怪しい者は一人も見かけませんでした」

「ひとに怪しまれた気配もないか」

「ござりません」

「ごくろうだった」

「残る荷はあと二梱《こり》。明日、それを当屋敷まではこびこめば、仕事は終りです」

「まだ、終りとは言えんだろう」

と小保内家老が言った。

「安房屋が連れて来る者たちに、品物を売り渡す肝心の仕事が残っておる」

「はい」

「もうすこし、寄れ」

小保内家老が声を落とした。

「仕事はもうひとつある。安房屋は利害につながる男だからほっておいてかまわんが、献残屋《けんざんや》は違う」

「…………」

「やつは事情を知り過ぎておる。商いが片づいたら、消せ」

梁《はり》の上で、森田屋はにやりと笑った。屋敷を抜け出すために、少しずつ梁の上で身体をずらしはじめた。

七

それから中二日おいた三日目の夜は、森田屋は築地《つきじ》の旗本藤井某の屋敷の庭にひそんでいた。

藤井は家禄《かろく》千五百石の御先手頭《おさきてがしら》、すなわち加役《かやく》の頭である。森田屋は台所口の外にひそんで、家人の寝静まるのを待った。秋は深まって、広い庭のほんのここかしこに、つぶやくような虫の声がするだけである。

台所の窓に映っていた灯が消え、邸内の人声が絶えてからおよそ一刻《いっとき》（二時間）後に、森田屋は真黒な蟇のように地面に這って台所口に近づくと、さほどの手間もかけずに出入口の戸を一枚はずした。

中に入りこむと、そこにある土間に蹲《うずくま》ってさらに家の中の気配をさぐる。人が起きている気配はなかった。森田屋は板の間に上がった。旗本屋敷の家のつくりは頭の中に入っていて、迷いもせずに玄関の方にむかった。

いつでも、来た方向に逃げ出せるように、森田屋は手を左右にのばし、身体を横ばいにして暗い廊下をすすんだ。そして玄関に出ると、式台の上に封書を置いた。中には藤井にあてた、本庄藩江戸屋敷内の蔵に抜荷《ぬけに》の品二梱《こり》、売買禁制の品五梱があって、売り渡される寸前である、お調べねがいたいという密告の手紙が入っている。

森田屋は忍んで来た廊下を台所にもどり、外に出るときっちりと板戸を嵌《は》めた。今度は獣のように屋敷の中を走り抜けて、木の枝から垂らしてある紐《ひも》をたぐって、塀の上に上がった。紐をはずし、外の様子を窺《うかが》ってから暗い道に飛びおりると、後もふりかえらず藤井の屋敷をはなれた。

江戸の町の道々は、いたるところ町木戸で遮られているが、新道、小路《こうじ》をたどれば木戸を通らなくとも町は歩ける。森田屋の頭の中には網の目のような、その抜け道の図が刻まれている。わけもなく築地の町を抜けた。

——金子と丑松……。

二人はうまくやったかな、と思った。門の内側に渡した封書を投げこむぐらいのことはしたろう。

その投げ文《ぶみ》で、どこが動くかはわからなかった。高野という奉行所の与力は硬骨で知られている人間だが、町奉行は管轄外として手を出さないかも知れない。しかし密告の中身を大目付に連絡はするだろう。

大目付は動くだろうか、と森田屋はいそぎ足に路地から路地へと抜けながら考えていた。もし大目付が動かなくとも、加役は動くだろうという気がしている。だから築地の方には自分で念入りに告発したのだ。加役は最後は大目付の権限を借りても、本庄藩屋敷に踏みこむのではないか。

――そのときは……。

やつらもおしまいだ、と森田屋は思った。小保内家老が安房屋を信用したらしいのを思い出して、森田屋は腹の中でせせら笑った。たしかに俵物や抜荷の品を鑑定出来る裏通りの商人はいるが、安房屋という仲買人は江戸中をさがしても存在しないし、その男は二度と本庄藩の前に姿を現わすこともないのだ。

献残屋《けんざんや》森田屋の店は心配がなかった。新六という子飼いの番頭がいる。齢《とし》はまだ三十前だが、商人に生まれて来たような落ちついた商いをする男だ。女房は、これも森田屋に奉公していた気持のきれいな女だった。

——あの二人にまかせておけば……。

何の心配もない、と森田屋は思った。

三日前から森田屋は上方《かみがた》へ、少し日にちのかかる旅に出たことになっている。森田屋が店と目と鼻の先にある浮世小路の家にいたとは、誰も知らなかったはずだ。

森田屋は旅から帰らず、やがて新六は自分が森田屋から室町三丁目の店をもらったのだと気づくだろう。もと主人の森田屋清蔵を怪しんで、奉行所や加役が森田屋に乗りこんでも、何もつかめない。店の者は、清蔵の裏の顔については何ひとつ知らされていないからである。

森田屋は暗い芝口河岸へ入った。足音をしのんで相馬屋の荷蔵の前まで歩くと、腰を落として河岸の先の水面を窺《うかが》った。待ちかまえていたように、暗い水面のひとところが動いた。低い声がささやきかけて来た。

「お頭で？」

森田屋は歩み寄ると、未練なく小舟に乗り移った。すぐに櫓《ろ》の音がして舟は岸をはなれ、さらに闇《やみ》の濃い川の奥に姿を消した。

泣き虫小僧

天保六花撰ノ内・くらやみの丑松

一

部屋の中で、河内山宗俊《こうちやまそうしゅん》と新造のしづがむかい合ってお茶を飲んでいた。間の畳に何かの書き付けが置いてあって、夫婦の目は灯の下に置かれたその書き付けに注がれている。

そばの縁側を、くらやみの丑松《うしまつ》は足音を盗んで通りすぎた。しかしいくら足音を忍ばせたところで、河内山の目と耳をのがれることは出来なかったようだ。うしろから、おい、丑松という声が飛んで来た。丑松は引き返して縁側に跪《ひざまず》いた。

「どうもお世話さんで」

「どうしたい、不景気なつらをして」

と河内山は言った。新造との話がむつかしいものなのか、河内山の大きな顔には険しい表情がうかんでいる。

「さては、また毟《むし》り取られたな」

「お察しのとおりでござんすよ」

「いくらだい」

「三両ちょっとです」

「ばかめ、三両と言や大金だ」

河内山は機嫌のわるい声を出した。がみがみと叱《しか》った。

「日ごろおまえらには言って聞かせてあるはずだ。この家《うち》では大金を賭《か》けることは許さん、小金で気長にたのしめと、あん？」

「へい」

「三両取られましたと自慢顔でいるのはどういう料簡《りょうけん》だ。分相応ということがあるぞ」

「自慢なんかしていません」

丑松はむっとして言い返した。

「大体あっしは、二分しか持って来なかったんですぜ。あちこち手伝い仕事をしてためた大事なお宝をあっという間に負けちまって、これじゃ帰るに帰れませんからね、勝負を見物してたら馬の沓《くつ》が貸してくれたんでさ。あっしが貸してくれと頼んだわけじゃねえ、むこうが言い出したんですよ。おかげで頭の痛え借金が出来た」

「てめえが物欲しそうにしてるから貸したんだろうよ。ひとのせいにするんじゃねえ」

河内山はおそろしい声を出した。そして、少し話があるからこっちに入れと言った。

丑松は顔を伏せて部屋に入ると、夫婦から一間ほど手前のところに、膝《ひざ》をそろえて畏《かしこま》った。

馬の沓という男はな、と河内山が言った。

「おれにもいまだに正体がつかめてねえやつだぞ。ああしてちょろちょろこの家にも出入りしているが、いざというときはおれたちを売りかねねえ男だ。そういうやつから気を許して金を借りたりするんじゃねえ」

「…………」

「おめえだって以前、妹のことでやつににがい水を飲まされたことがあったじゃねえか。ところでお玉はその後元気かえ？」

「はい、おかげさんで」

「とにかくだ、馬の沓はおめえや片岡《かたおか》のようなお人好《ひとよ》しとは違う。本物の悪党だぞ。気をつけてつき合いな」

「へい」

「何だい、ずいぶん不満そうなつらをしてんじゃねえか」

「いえ、とんでもありません」

丑松がそう言ったとき、二人の話の間に台所に立って行ったしづが、盆に茶を乗せてもどって来た。

しづは河内山と丑松の前に、湯気の立つ茶を置いた。そして、丑松さん、茶をおあがりと言った。

「暑いときは茶がおいしいものですよ」

「へい、ごっつぉうさんです」

と丑松は言った。夕方まで吹いていた風が、日が落ちるのを待っていたようにぱたりとやんだままである。部屋の障子は開けはなしたままで、行燈《あんどん》の光が縁先の庭の木々までかすかにとどいているけれども、庭にも暑熱がたまったままで、枝葉はそよりとも音を立てなかった。

丑松がお茶をすすっていると、河内山が近ごろはおまえさん、何をやってるんだねと聞いた。

「いやさ、何で喰《く》ってるかということさ」

「さっきも申し上げたように、あちこち料理屋を手伝っちゃ手間をもらいますんで。

なに、この界隈《かいわい》にしろ浅草にしろ、手伝おうと思えば店は沢山ありやすからね。不自由はしませんせん」

「そんなことで喰えるのかえ」

「まあ、何とか」

「いつまでもお玉の稼ぎをあてにしてちゃいけねえよ」

「まさか」

と丑松は言った。しかしそのとき丑松は、所帯を持ちたいと言ってくれる人がいる、と上気した顔で打ち明けた玉を思い出していた。だから兄ちゃんにも、ちゃんと働いてもらわないと困るんだからと、玉はきっぱりと言ったのである。

「いい若いもんがもったいねえ」

と河内山は言った。

「おれはまだおめえの料理を喰ったことがねえが、片岡や三次郎の話だと、おめえの腕は大そうなものだというじゃねえか」

「喰《た》べたことがありますよ」

新造のしづがおっとりと口をはさんだ。

「ほら、いつだったか、冬のころに瀬川さまからの頂き物で、魚河岸《うおがし》から平目がとどいたことがあったじゃありませんか。あのときのお刺身はちょうど居合わせた丑松さんがつくったのですよ。ほんとにあっという間のきれいなつくりでびっくりしました」

「刺身だけじゃ料理の腕はわからねえよ」

と河内山はにべもなく言ったが、そこでふと気づいたというように新造の顔を見た。

「おい、この間来た磯村《いそむら》の旦那《だんな》が、どっかで料理人の世話を頼まれたと言ってなかったかい」

「池《いけ》の端《はた》の花垣ですか」

「それそれ。もう決まったかな」

「十日ほど前のことですから、まだじゃないでしょうか」

「丑、おめえちゃんとした料理屋で働く気はあるかい」

「そりゃあ、もちろん……」

「何だ、弾まねえつらをしてんじゃねえかい」

「いえ、そんなことはありません」

「花垣は知ってるな」

「へい、名前だけは」

「それじゃ明日にもおれが一筆添状を書いてやるから、磯村の家に行ってみな。まだ決まってなきゃ、花垣に口を利《き》いてくれるはずだ」

「…………」

「磯村という旦那《だんな》は二百石取りだ。御同朋頭《ごどうぼうがしら》というえらいお役目のひとだから、粗末な口を利くんじゃねえぞ。おれの添状を差し出して丁寧におねがいしてみろ」

「へい」

「花垣の手当てはびっくりするほどいいと聞いたよ。そういう店で働かせてもらったら、おめえの遊び癖も直ろうというものだ」

丑松がうつむいてにが笑いすると、すばやく見咎《みとが》めた河内山が、笑っている場合か、ばかめと言った。今夜はよくよく機嫌がわるいらしかった。

ちぢみ上がった丑松が詫《わ》びを言って立ち上がろうとしたとき、大きな翅音《はねおと》を立てて行燈《あんどん》の中に虫が飛びこんだ。虫は蛾だったらしく、ばたばたという翅音と一緒に金粉のような粉が散り、つづいて生き物の焦げるいやな匂《にお》いが漂って来た。

河内山は立ち上がる丑松を制してから、その手を鼻先でぱたぱたと動かした。そして手をおろすとぐいと丑松をにらんでダメを押して来た。

「おめえにしろ片岡にしろ、たまの息抜きに遊びに来るのは構わねえと言ってるんだ。だがいい若いもんが、まだ日のあるうちから哥留多《かるた》を引いて金を賭《か》けてるなんぞは、みっともいいもんじゃねえ。目ざわりだ。わかったか」

二

頭の上から暑い日が照りつける表の道から、黒い板塀に沿って路地に曲ると、視界が急に暗くなって、丑松はほんの一瞬だが目がくらんだようになった。

両側を高い板塀にはさまれた道は狭く、その上頭上は、高いところで板塀の内側からさし交わす木々の枝葉に閉ざされて、夏の空も日も見えなかった。ただ日差《ひざ》しに明らむ葉裏の重なりが見えるだけである。

しかしすぐに、路地を突き抜けるところに白い光がちらつくのが見えて、遠目にもそこは不忍池《しのばずのいけ》の岸だとわかった。丑松は花垣の塀に沿ってもう一度もっと狭い路地に曲った。そして裏口から塀内に入った。

予想したとおりそこが花垣の台所口で、首を突っこんで番頭の松蔵というひとに会いたいと言うと、立って来た若い女が、それなら横の路地の母屋《おもや》の入口に回れと言った。丑松は裏口を出て、来た道を最初の路地までもどった。そこに花垣の母屋の入口がある。

しかしさっきは万事承知でその前を通りすぎたのである。磯村という屋敷でもらって来た添状を出して番頭に会う前に、いっぺん台所に顔を出しておく必要がありそうだと思ったのだ。使ってもらえるとなれば、いずれ番頭か誰《だれ》かが料理場に連れて行って引き合わせてくれるだろうが、ハナからその手で行ってはお高え野郎が来たぜと嫌われかねない。

少しまごまごしているところを見せなきゃなと、丑松はけっこう気を遣っている。それというのも河内山のぎょろ目がおそろしいからだった。へんなことでしくじったら、てめえがような者に手をつくしてやったのに、何のザマだ、これだからやくざ者は信用ならねえと、河内山は自分を棚に上げて罵《ののし》るだろう。

入口で、出て来た中年女に磯村からもらって来た添状（……だろうと思うが、丑松は無筆で中に何が書いてあるかは知らない。ついでに言えば磯村の旦那は乙《おつ》に澄ました男で、奥の方で何か言う声は聞こえるものの会ってはくれなかった。丑松が会ったのは用人だと名乗る六十年寄である）を出して番頭に会いたいと言うと、女は奥に引っこんで、しばらくしてから今度は五十見当の男が出て来た。

顔色がわるく、へちまのように細くしゃくれた頤《あご》を持つその男は、片手に開封した磯村の添状を握ったまま前に立つと、無言のまま丑松をじっと見た。べつにことわりもないところをみると、これが番頭の松蔵らしかった。

その目に露骨に懸念するような光がうかんでいるのを、丑松もじっと見返していると、男はやがて、まあ上がんなさいと言った。丑松は入口わきの三畳しかない狭い部屋に通されて、男と向き合った。

「磯村の殿さまとは……」

番頭と思われる男は、膝《ひざ》の上の添状にちらと目を落としてから言った。

「むかしからのお知り合いですか」

「いいえ」

「では、最近にお近づきになったとか」

「さあ」

「さあとはどういう意味ですかな」

「あっしはその人をよく知りませんので」

「ほう。でも何度かお会いしたことはあるんでしょ」

「いいえ、一度も会ったことはありません」

「一度も？」

しゃくれた顋を持つ男は、そう言ってからおどろいたように口をあんぐりと開いた。

長い顔がよけいに長くなった。

ではもうひとつ、と気を取り直したように男は言った。

「河内山さまとはどういうお知り合いですか」

そう言ったとき、男の目がぴかりと光ったような気がした。いまの表情で、丑松は男のさっきからの奇妙な応対ぶりが腑《ふ》に落ちたような気がした。

奥坊主《おくぼうず》河内山宗俊の悪名を、この界隈《かいわい》では知らぬ者がなく、料理屋でも水茶屋でも、河内山が姿を見せれば、腫物《はれもの》にさわるように丁重に扱う。河内山本人は、それを以《もっ》て町の名士にでもなったつもりでいる節が見えるけれども、とんでもない話だった。町の者は河内山に何かのことで因縁をつけられ、金を巻き上げられはしないかと、ひたすらにそれを恐れているだけなのである。

それを知ってか知らずか、磯村の旦那《だんな》の添状には、丑松ことは河内山宗俊の知り合いの者にて云々《うんぬん》といったような文句が書かれているらしい。これはまずいよと丑松は思った。花垣の番頭が、ぴかりと目を光らせるのはもっとも至極である。

丑松は咳払《せきばら》いして、あっしの妹が浅草寺《せんそうじ》前の菜飯屋《なめしや》で働いていますと言った。

「巴屋《ともえや》という店ですが、ここが河内山さまのご贔屓《ひいき》の家で、妹がお近づきねがっているというか、かわいがられているそうでして、へい」

「…………」

「で、あっしはまた方角違えの芝《しば》の神明《しんめい》さま前で、小料理屋に住みこんでいたんですが、これが半年前に潰《つぶ》れましてね。そのあとぶらぶらしていたもんだから、妹が気を揉《も》んで河内山さまに頼みこんだと、ま、こういうゆくたてがあって、このたびはお世話いただいたようなわけでござんす」

丑松がこれだけの口上を、立板に水の勢いでしゃべると、番頭はまだいくらかうさんくさそうな表情は残しているものの、ようやく目の光を消した。河内山の子分ではないかという疑いは、ひとまず晴れたらしい。

「料理人の修業は？」

番頭は矛先を転じた。いくら磯村の紹介でも、めったな者は雇わないぞと、その顔に書いてある。

「どこでおやりでしたかな」

「へい、浅草寺前の美濃屋《みのや》さんで」

と丑松は言った。それは事実である。だが修業二年目の十四の秋に、料理場の喧嘩《けんか》に出刃包丁を持ち出して店から放逐《ほうちく》されたことは黙っていた。調べられればすぐにわかることだが、そのときはそのときだと思っていた。

だが番頭はそこまでは詮索《せんさく》しなかった。なるほど、美濃屋さんねと言って、またちらと磯村の添状に目を落とした。

「料理の腕は上等……」

番頭は顔を上げて、また丑松をじっと見た。

「そう書いてあります。信用しましょう」

こっちへおいでと言うと、番頭は急に立って狭い部屋を出て行った。丑松が後を追うと、番頭は茶の間と思われる部屋の外に跪《ひざまず》いた。丑松も倣って板の間に膝《ひざ》を落とした。いま、よろしゅうございますかおかみさんと、番頭は障子の外から声をかけている。

それに答える、低い声がした。やわらかく澄んだ声だが、その声には丑松をぞくりとさせるようなひびきがふくまれていた。

障子をあけて番頭と丑松が中に入ると、そこにいた女のひとが、小机の上の帳簿を閉じ、そろばんを片寄せて二人に向き直った。花垣のおかみさんに違いなかった。

おかみさんの齢《とし》は二十半ばを過ぎたころかと思われた。色白で細おもての美人だった。いくらか痩《や》せているように思えたが、胸もとにのぞいている膚《はだ》は白くなめらかで、胸も腰のあたりもずしりと稔《みの》っている。

無口なたちなのか、おかみさんは番頭が口をひらくのを黙って待っている。黒々とした目に見つめられて、丑松は思わず顔を伏せた。

「これが……」

と言って番頭は、うしろに控えている丑松を振りむいた。

「磯村の殿さまの添状を持参した料理人です」

「………」

「東仲町《ひがしなかまち》の美濃屋さんで修業したそうで、いかがでしょう、使ってみましょうか」

番頭がそこまで言ったとき、急に外から障子がひらいて、一人の男が部屋に首を突っこんだ。齢は四十ほどに思われるのに、不似合いなほどに鬢《びん》の毛が真白な男だった。白目が血走っているように見える。

「おや、お客さんかい」

男は気ぜわしげな口調で言った。

「それじゃ、またあとで来ようか」

それだけ言うと、男はぱたりと障子をしめて行ってしまった。いそがしげな足音が遠ざかった。

「名前は？」

おかみさんの声がした。おれに聞いてるんだと丑松は思った。顔を上げるとおかみさんと目が合った。その目がわずかにほほえんでいる。

それに気づいたとき、丑松はどういうわけだろう、急に泣きたくなった。どうしてそんな気持になったのかはわからなかった。丑松は顔を伏せて答えた。

「へい、丑松と申しますんで」

三

丑松は神妙に働いた。花垣の料理場の采配《さいはい》を振っているのは忠助《ちゅうすけ》という三十前後の若い男で、短気で誰かれかまわずにどなったりするものの、丑松のみるところかなり腕のいい料理人だった。

丑松も、尻《しり》が落ちつかなくてあちこちと店を渡り歩いたけれども、気持のどこかに料理はいのちと思うところがあって、どんな小さな店に行っても、料理の手順はおろそかにしたことはない。働き先に腕のいい料理人がいれば、頭をさげて教えてもらい、料理場の修業では人に負けないという気持があった。

だが忠助の料理は刺身につくるにしろ、野菜の煮物をつくるにしろ、同じことでもこうも違うかと丑松が思うほど手際があざやかで、また万事にわたって物の持ち味を上手に生かす味つけが見事だった。丑松は忠助に怒られても、腹は立たなかった。頭をひくく構えて、うまい味つけのコツを盗み取ろうと心掛けていた。

しかし喧嘩《けんか》早い丑松が、そんなそぶりをちらともみせずに、神妙に花垣の料理場で働いているのは、忠助の腕に惚《ほ》れこんだことも理由のひとつではあるが、それだけではなかった。あのおかみさんのいる花垣を、丑松はつまらない喧嘩ぐらいで追い出されたくはなかったのである。

丑松がおかみさんと言葉をかわしたのは、はじめて花垣をたずねて来たあの日だけだった。その後はおかみさんは料理場にやって来ることはあっても、忠助か女中頭のみねと話すぐらいで、それも言葉少なに打ち合わせをすませるとさっさと引き揚げるので、丑松が声をかけてもらうような機会はない。

だが丑松は、それだけで十分だった。青和《あおあ》え物をつくる青豆を擂鉢《すりばち》で擂《す》りながら、耳を澄ましておかみさんの声を聞いている。おかみさんの声は低くて、よく聞き取れないことが多いが、それもどうでもいいことだった。濁りのないやわらかな声を聞いているうちに、丑松の胸はやがて幸福感でいっぱいになる。そしてその幸福感の中には、どういうわけかかすかに切ないような気分が混じっているのだった。しかしそのわけは丑松にもわからない。

そんな話を人にすれば、即座におめえその年増に惚《ほ》れたんだよとせせら笑われそうである。自分でも少しはそう考えなかったわけではないが、丑松にはバカ言いなという気分もあった。

おかみさんにひきつけられる気持は、惚れたはれたといったものとは少し違うような気がするのである。人に言えば笑われるに決まっているが、おかみさんを見ていると、丑松は何かしら有難いようなもの、うやうやしいようなもの、それでいて何かひどく物がなしいものに出会ったというような気がしてならない。

だが、それがどういうことなのかはわからずに、丑松はまごまごしていた。しかしまごつきながら、十分に幸福だった。

そして無事にふた月が過ぎた。暑い夏がいつの間にか過ぎて、残りの蟬の声も間遠になった。時には夏のしっぽとも思える暑い日がおとずれて、草も木も甦《よみがえ》るように見えるときもあるが、そんな日でさえ、夕方になれば衿《えり》をあわせるほどのつめたい風が吹いた。

空は少しずつ青い色を濃くし、晴れた日の雲ははかないほどに白かった。そして虫の声がいっそうにぎやかになった。そのころになって丑松は、やっとおかみさんの名前がりくで、ほんとの齢《とし》は三十二であることを知った。

そしてやはりそのころになって、丑松は花垣に気になる客が一人出入りしていることに気づいた。客は政次郎《まさじろう》という名前だった。齢は三十半ばぐらい、色が浅黒くて姿も男ぶりもいい男だった。それ以上のことを丑松は知らない。しかし丑松の勘が狂っていなければ、姿も顔もいいその男はやくざ者だった。それも筋金入りの。

政次郎という男のうさんくささに気がついたのは、過ぎた夏のある夜に、政次郎の酒席に呼ばれたときである。

花垣の敷地は横に長くて、そのひょろ長い庭の隅に離れがある。政次郎が店の方で飲み喰《く》いしている分には、旗本の殿さまだろうがやくざ者だろうが、意に介することはない。金を払って行儀よく飲む者は、誰でもお客さまである。

しかし丑松が呼ばれたのは離れの部屋だった。しかもそばにおかみさんがいて、酌を取っていた。ほかに人はいなかった。政次郎は丑松がつくった煮魚と八つ頭のつけ合わせがうまかったと言っておひねりをくれたが、丑松はその間顔を上げられなかった。礼を言うと、逃げるように部屋を出た。

そのことがあってから、丑松は出来るだけ注意して政次郎という男を見張るようにしたが、もちろん丑松は料理場で働いているので、見張るといっても限度がある。だが気がついてみると、政次郎という男は料理場でも女たちがいそがしく立ち働いている台所でも話題の人物で、注意して耳を澄ましていれば、男のおよその動静は自然に耳に入って来るのだった。

政次郎は十日に一度、または数日に一度ぐらいに花垣をおとずれ、おかみのりくの情人《いろ》だというのである。なるほどと丑松は思った。それで離れに呼ばれたときの、ざらつくようだった違和感の正体が知れた気がしたのである。政次郎は時には花垣に泊って行くのだという。まさかと思ったが、今朝はそれも事実だと知った。

丑松は山崎町《やまざきちょう》の家から通いで勤めていたが、仕事で夜が遅くなれば泊ることもあるし、逆に仕事のつごうで今日のように朝早く花垣に出て来ることもある。

早出の職人にまじって朝の町を歩くのはひさしぶりだった。丑松はついこの間までは目の玉が腐るほど寝て、昼ごろになってようやく起き出すか、ちょうどいまごろの時刻に穴ぐらのような賭場《とば》から這《は》い出て、よろよろと山崎町の家に帰りかけているかという暮らしをしていたのである。

丑松の変りようには、玉はもちろん齢取《としと》った母親までが不自由な目をみはっておどろいているが、当然のことである。こんな朝早くに働きに行こうとしている自分を、丑松は自身信じかねる気持になることがある。もっとも母親は、いつまでつづくかねと言っていた。その言葉を思い出して、丑松は歩きながらにが笑いした。

秋のはじめの朝は、遠くの路上に夜が残して行った靄《もや》か霧のようなものが屯《たむろ》し、歩いているうちにかすかな冷気が身体《からだ》を包んで来る。日はのぼっていた。だが光はためらいがちに家々の間から路《みち》を照らしはじめたばかりで、通りはまだ半ばは夜の気配に覆われている。

丑松は上野山下から、まだほとんど人影の見えない広小路《ひろこうじ》に出、元黒門町《もとくろもんちょう》から池の端に入って行った。通りにはまだ夜気の名残りが青白く残っていた。丑松の三間ほど先を、痩《や》せた黒犬がとことこ歩いて、御数寄屋町《おすきやちょう》の角を曲って姿を消した。丑松は黒犬とは逆に、花垣の角から不忍池の方に曲った。

そのとき、花垣の表の潜《くぐ》りの戸が開くのが見えた。丑松はすばやく曲った路地の塀に張りついた。そっと顔を出してみると、政次郎が外に出て来たところだった。政次郎は振り向きもせずに門をはなれ、そのあとで内側からのびた白い指が潜り戸を閉めたのが見えた。

丑松は頭がかっと熱くなるのを感じた。ちきしょうめ！　あの野郎、泊ったんだと思った。花垣は会席料理が売り物の店で、酒肴《しゅこう》は供するものの女を呼んだりする店ではない。とすればさっきの白い指は、噂《うわさ》のとおり花垣のおかみさんだったに違いないと丑松は思った。

昨日の夜預かった鍵《かぎ》を使って裏口から店に入り、料理場に入ったがまだ誰も起きて来ていなかった。しかし丑松は頭が熱くなっているので、一人でぐいぐいと料理場の掃除をはじめた。床を掃いてから、膝《ひざ》をついて雑巾《ぞうきん》をかける。

それが終ってから、土間の隅にある俵から、ごぼうと人参《にんじん》を出して洗いにかかった。今日は昼前から何かの講の客が入るので、早目に料理の下拵《したごしら》えをしなければならなかった。丑松は力をこめて人参を洗った。

そのときふと人の気配がするので振りむくと、まだ仄暗《ほのぐら》い隣の台所に女がいた。女は柄杓《ひしやく》をかたむけ、顔を仰向けて水を飲んでいた。仄明りの中でも白くなめらかな喉《のど》が見えた。おかみさんだった。ふだんと変りなく、きちんと着物を着ている。

しかしおかみさんは、金縛《かなしば》りにあったように棒立ちになっている丑松を見向きもせずに、もう一度水を掬《すく》うと、またひと息に柄杓の水を飲んだ。そして柄杓を水甕《みずがめ》にもどしてから、はじめて丑松を見た。

「おはようさんです」

丑松が挨拶《あいさつ》すると、おかみさんは黙って丑松を見つめた。それから少し笑ってうなずいてから、台所を出て行った。足音はしなかった。

地獄だ、と丑松は思った。好んでか、誰かに強いられてかはわからないが、おかみさんが地獄の中にいることは、若い丑松にもわかった。そうでなければ、いま火事場から逃げて来たような、あんな荒っぽい水の飲み方をするはずはないと思った。

丑松は手の中の人参を板の間に叩《たた》きつけた。

四

「おれなんかにくわしいことはわからねえけどよ」

と勝次《かつじ》は言った。

「三年ほど前にこの店が潰《つぶ》れかけたことがあるんだ。あの政次郎といういけ好かねえやつが出入りするようになったのは、それからだな」

「素姓は何者だい」

と丑松は聞いた。

二人が寝ているのは花垣の西の屋根裏部屋である。夏の間は明かり取りの障子を閉めても、入りこんだ西日の熱気が籠《こも》って、真夜中になっても寝ぐるしい部屋だが、いまはそんなこともない。屋根裏といっても、天井が少々低くて傾いているだけで、畳が敷いてあるきれいな部屋だった。ここが男の奉公人の寝部屋になっていた。

時どき不忍池の方から、まだ眠れない水鳥のけたたましい声が聞こえて来るだけで、静かな夜だった。虫の声はずっと下の地面で聞こえている。

「素姓なんか知るもんか」

勝次は言ったが、声が眠そうだった。暗い部屋に寝ているのは丑松と勝次の二人だけである。勝次は花垣に雇われて料理人の修業をはじめてから五年になるというが、まだ二十前だった。やっと髭《ひげ》がはえそろって来たばかりの若者である。

「忠さんに聞いてねえのか」

「忠さんだって、よくは知らねえらしかったぜ。得体の知れねえ、いやなやつだとは言ってるけど」

「あの男は……」

丑松は勝次から裏話を仕入れるのを半ばあきらめながら、つぶやいた。

「それにしてもこの店で、何であんなでけえつらをしてんだよ」

「店に金を貸してるからさ」

こともなげに勝次が言ったので、丑松は寝返りを打って勝次の方を向いた。

「おい、それはほんとかい」

「ほんとうの話だよ。奉公人はみんな知ってるぜ。何年か前に店が潰《つぶ》れかけたとき、あいつが大金を持って来て旦那《だんな》に貸したんだ」

「大金というと、どのくらいだ」

「三百両だとか五百両だとか言ってるけど、よくはわからねえなあ」

勝次の声はふたたびどんよりと曇って、その声のあとに長いあくびがつづいた。

「とにかく半端《はんぱ》な金じゃねえらしいぜ」

「じゃ、政次郎は金貸しなんだな」

「よく知らねえよ」

勝次はまたあくびをし、おれ、もう眠くなったと言った。

「じゃもうひとつだけ。店じゃ、その金をまだ返していねえのか」

「忠さんはもう返したんだと言ってたけど」

「金を返したんなら、どうしてあの男が来て、おかみさんと寝たりしてるんだよ」

「利息がわりなんだって」

「なに？」

「あいつは利息を負けてやるから、おかみさんを抱かせろと言ったって話だよ。旦那の頭がおかしくなったのはそれからだって」

「誰がそんなふざけたことを言ったんだ」

「……………」

「おい、誰に聞いたんだよ」

だが勝次の答はなくて、すぐそばの寝床から軽い寝息が聞こえて来た。

丑松は身体を回して暗い天井を見上げた。

いまごろになって遅い月でも出ているのか、足もとの小窓の障子が、暗い中に仄白《ほのじろ》くうかんで見えている。また遠い池の方で、大きな鳥が羽根で水を叩《たた》いたような音が聞こえた。しかし鳥の鳴き声はもう聞こえなかった。

――ふざけた野郎だぜ。

と丑松は思っていた。目が冴《さ》えて眠れそうもなかった。

政次郎は利息がわりに、花垣のおかみを抱いているというのである。誰がその条件を受け入れたのだろう。おかみさんだろうか、それとも花垣の主人、丑松がはじめて花垣に来た日に見た、あきらかに常人とは見えないあの男だろうか。それとも政次郎が、大金を融資する、それが条件だと無理無態に押しつけたのだろうか。

しかし料理場で聞いた話によると、おかみさんがこの花垣の跡取りで、旦那の茂左《もざ》衛門《えもん》は入婿《いりむこ》なのだという。そうだとすれば、政次郎が出した条件を最後に受け入れたのは、おかみさんだったのだろうか。

だがそうだとすれば、おかみさんの考えは甘かったと言うしかねえ、と丑松は思った。丑松も悪党のはしくれで、この世に政次郎のような男がいるのをまんざら知らないわけではなかった。そのテの男は、色にしろ金にしろ、一度喰《く》らいついたら相手をしゃぶりつくすまではなれはしないのだ。

あの男はおかみさんの身体に飽きれば、今度は出直して金を絞りにかかるだろう。口実なんかは、両手の指で数え切れないほど考え出すやつだ、と丑松は思った。

しかしおかみさんは、そういうことにとっくに気づいているのかも知れなかった。この世ならぬ地獄を見ているはずなのに、おかみさんは顔色も変えず、わめきもしない。いつも物静かに、花垣の采配《さいはい》を振っている。

——かなしいおひとだなあ。

丑松は目に涙があふれて、その涙が目尻《めじり》を伝い、枕《まくら》に吸いこまれるのを感じた。はじめておかみさんに会ったとき、妙に物がなしい気分になったのは、おかみさんの顔にこのことが現われていたからではないだろうか。

闇《やみ》をもっけのさいわいに、丑松はしばらくの間、柄にもなく涙があふれるままにしていたが、やがて泣いてばかりもいられないのに気づいた。何とかしなくちゃと思った。おい、くらやみの丑松、一世一代の正念場が来たぜと胸の中で自分に威勢をつけてみた。

しかし政次郎にひと泡吹かせるためには、まず相手の素姓をたしかめるのが本手である。明日にも悪仲間の三次こと、水戸浪人の三次郎に会おうと丑松は思った。三次郎はおどろくほどに裏の世界にくわしい男である。政次郎の素姓もすぐに調べてくれるだろう。

それで気持に一段落をつけて丑松は目をつぶったが、目の裏におかみさんの顔や政次郎の顔がつぎつぎとうかんで来て、眠気は簡単にはやって来そうもなかった。

五

それから数日たったある夜、丑松は三次郎に会うためにもう一度練塀小路《ねりべいこうじ》の河内山の家のそばまで行った。

空はうす曇りだったが、東の空に月がのぼっていて、うす雲を通してぼんやりと月の形が見える。夜気はつめたかった。これで風があったら顫《ふる》え上がっちまうぜ、と思いながら、丑松は河内山の家とは反対側の塀に寄りかかって、目ざす潜《くぐ》り戸が開くのを待っている。

河内山は丑松や三次郎のような小悪党が自分の屋敷に出入りし、奥の部屋で哥留多を引いたり、ちょっとした骰子《さいころ》遊びに小金をかけたりするのを咎《とが》めない。それどころか新造のしづや倅《せがれ》の嫁に命じて、握り飯や飲み物を差し入れさせ、時には自分も、大きな身体を奥の部屋に据えて勝負ごとに加わることもある。

何かのときに役に立てようと、男たちを養っているというのではなかった。河内山自身が、自分の家に曰《いわ》くつきの男たちが出入りし、奥で怪しい手なぐさみにうつつを抜かしているという図柄を喜んでいるのだと、丑松には見える。

ついこの間まで出入りしていたその屋敷を、丑松は懐しく眺めている。しかしただ懐しいだけでなく、その家に出入りせずに堅気にまじってちゃんとやっていることを誇らしく思う気持も、半分ぐらいはあった。

時刻はそろそろ五ツ半（午後九時）にさしかかるころだろう。年に何回かは朝まで遊ぶこともあるが、河内山の家にあつまる連中は、いつもなら大概その時刻に追い出される。もうすぐだぜ、と思ったら、思ったとおりに潜り戸があいて男たちが四、五人外に出て来たので、丑松はおかしくなった。

男たちは潜り戸をしめると勝手に散って行ったが、一人だけは立ちどまると丑松がいる方を透かし見るようにした。顔は見えないが、長身の姿でその男が三次郎だとわかった。

丑松はいそいで塀をはなれると、三次郎のそばに行った。

「どうだった、兄貴」

丑松が言うと三次郎は、どうかとは今夜の手慰みの首尾のことかねと言った。

三次郎は面長で、細い目と男にしては小さすぎる口を持つおとなしそうな見掛けの男だが、なかなかの皮肉屋でもあって、時どきいまのような言い方で丑松を焦《じ》らして喜ぶところがあった。

それに乗せられて、ふくろうのように丸い目をして髭《ひげ》の剃《そ》りあとが濃い丑松が、すぐにいきり立ってつっかかる図はちょっとした見物で、河内山の家ではよくみんなの笑い物にされたものである。

いまも丑松はすぐに焦れて言った。

「違うよ、頼んだことだよ」

「はて、おめえに何か頼まれていたっけ」

「じれってえな、兄貴は。政次郎のことだよ」

すると三次郎は立ち話じゃ人目につく、少し歩こうぜと言った。二人は寝静まった町を松永町《まつながちょう》の方にむかって歩いた。丑松の家とは逆方向になるが仕方ない。もっとも丑松は、三次郎がどこに住んでいるのかは知らなかった。

やがて三次郎が言った。

「おめえその男の素姓調べをして、何か仕掛けるつもりかね」

「ああ、気に入らねえ野郎だからな。ひと泡吹かしてやろうと思ってよ」

丑松は昂然《こうぜん》と言ったが、三次郎はつめたい声で、よしなと言った。

「おめえの歯が立つ相手じゃねえ」

「…………」

「それでも素姓を知りてえか」

「もちろんさ」

と丑松は言った。いくらか意気阻喪していた。三次郎が太鼓判を押すからには、相手はよっぽどの悪党なのだ。

「蝮《まむし》の政《まさ》という渾名《あだな》があるそうだ」

金貸しだと言う者もいるが、そうじゃなくて大きな金貸しの番頭だと言う者もいる。しかし政次郎のはっきりした素姓も住んでいる場所も、知っているやつは一人もいないと三次郎は言った。

「ただわかっているのは、その男が右から左に大金を動かして潰《つぶ》れそうになっている家に金を貸し、とどのつまりは家屋敷まで残らず巻き上げるのを得意わざにしているということだ。一度政次郎の金を借りたが最後、その家は助からねえ」

「…………」

「政の正体に気づいたときは、もう手遅れだ。それで首を括《くく》った大店《おおだな》の旦那《だんな》なんかもけっこういるそうだぜ。しかし中には骨のある男もいてな、腕におぼえのあるごろつきを雇って、政を襲わせたそうだ。ごろつきは、どうなったと思う」

「じれってえな、早く言いなよ」

「手の骨も足の骨も折られたそうだぜ」

丑松は背筋をつめたい手で撫《な》でられたような気がして、思わず身体を顫《ふる》わせた。

二人は松永町に突きあたって道を左に折れ、和泉橋《いずみばし》通りに出ようとしていた。通りに出たところで、ちょうど藤堂藩上屋敷の長い塀に突きあたった。屋敷の角に辻番《つじばん》の灯が見える。ちらとそちらに目をやってから、三次郎が言った。

「それでもやるって言うんなら止めはしねえが、おれは手伝わねえよ」

六

三次郎と会ってからまた十日ほど過ぎたその夜、丑松は花垣の塀横の暗がりにひそんでいた。一人ではなかった。うしろにもう一人男がいて、時どきその男の身体《からだ》の顫えが丑松にも伝わって来る。

「何をがたがた顫えてんだ。もっとはなれろ」

「でも、兄《あに》さん」

と、うしろの男は言った。

「あっしは恐ろしくて、これ以上は我慢出来ません。帰してもらえませんか」

「ばかやろう」

と丑松は言った。

「ここまで来て御託を言うんじゃねえや。何もおめえに一緒に飛びかかれとは言ってねえじゃねえか。怪我《けが》しねえように、遠くはなれてろと言ったはずだ」

「ええ」

「ただ、おれはやられるかも知れねえから、そのときに……。おい、帯を持って来たか」

「持ってますよ」

「よし。おれがやられたときは、その帯で家まで背負って帰れと、それだけ頼んでんじゃねえか」

「兄さん、あっしはそれがこわいんですよ。生きるの死ぬのという喧嘩《けんか》は真平だ。考えただけで顫えが来ます」

「意気地のねえ野郎だな。それでもおめえ、浅草の料理人かい」

丑松はうしろを振りむいて、男をぐっとにらんだ。

「それから兄さん兄さんというのをやめろ。まだ杯事も済んでねえんだから、おめえとは赤の他人だ。気安く兄さんなどと呼ぶんじゃねえや、気色悪い」

「じゃ、どうして赤の他人のあっしに、こんな恐ろしい仕事を手伝わせるんですか」

うしろの男は抗議した。

男の名前は道蔵《みちぞう》。浅草寺 雷 門《かみなりもん》前の茶屋町《ちゃやまち》にある会席料理丸茂《まるも》の料理人で、この春に修業が明けて料理人になったばかりだった。玉と夫婦約束をかわしたというのがこの道蔵で、齢《とし》は丑松より二つ下の二十一である。

道蔵はぶつぶつと愚痴を言った。

「お玉ちゃんが、兄は乱暴者だから気をつけろと言ったのはこのことなんだ。夜の夜中に喧嘩に行くから手伝えというのは、とてもまともな人間の言いぐさとは思えねえや。お玉ちゃんはいい人なんだけど、これじゃ先が思いやられるなあ」

「しーッ、黙ってろ」

と丑松は言った。表の門の方に人の声がして、また客が帰るところらしかった。丑松が塀の陰から顔を出してみると、門のあたりに明かりが射していた。だが客はすぐには表に出て来なかった。

今日は、政次郎は夕方早く花垣に来た。それをたしかめてから、丑松は忠助に頼んで早引けをもらい、大いそぎで浅草まで走って道蔵を連れ出したのである。途中家に寄って、ぬかりなく匕首《あいくち》を持ち出したが、玉は居残りで母親は鳥目である。誰にも気づかれなかった。

素手じゃかないっこねえ相手のようだが、匕首があれば何とかなるだろう、と丑松は思っていた。その匕首は懐深くねじこんである。

政次郎は、今夜は早目に花垣を出るんじゃねえかと、丑松は見当をつけていた。それというのも離れには先に客があって、その客は旗本の隠居夫婦だった。政次郎は店のどの部屋かで飲んでいるはずだが、いくらつらの皮が厚くてもそこに泊っておかみを抱くというわけにはいかないだろう。

とすれば、そろそろ出て来るはずだと思いながら、丑松は首をのばして表をのぞいている。しかし出て来たのはお店者《たなもの》ふうの中年男三人だった。舌打ちして首をひっこめようとしたとき、また低い話し声がしてもう一人の男が道に出て来た。灯がある方を振りむいて何か言っている横顔が政次郎である。

丑松は道蔵をつついて、歩き出した政次郎のあとをつけた。政次郎は提灯《ちょうちん》をさげていて、あとをつけるのは簡単だった。

政次郎は池の端仲町《なかちょう》と道の東側に塀をならべる近江水口藩《おうみみなくちはん》上屋敷、備中庭瀬藩《びっちゅうにわせはん》上屋敷の間を西に歩いて行く。そして庭瀬藩上屋敷の塀に沿って南に曲り、湯島天神の門前に出た。そこまでは尋常だったが、政次郎は天神社門前を通りすぎると、またもや庭瀬藩上屋敷に沿って今度は東に曲った。

丑松は眉《まゆ》をひそめた。どこに行くつもりか知らないが、これでは遠まわりではないかと思ったのである。政次郎が長い足で歩いているいまの道に出るには、さっき通りすぎた水口藩の屋敷横を来るのが順序であり近道でもある。

野郎、何を考えていやがると、丑松は警戒心をつのらせながら政次郎のうしろ姿を見つめた。恰好《かっこう》のいい長身だった。三次郎も背が高いが、肉というものが付いていない三次郎の場合は、無駄にひょろ長い印象を免れないのにくらべて、政次郎の長身にははがねのように強靭《きょうじん》な感じがある。おそらく肩にも胸にも、無駄のない筋肉が盛り上がっているのだろう。

政次郎は一定した足どりで、今度は庭瀬藩の前にある伊勢《いせ》亀山藩《かめやまはん》上屋敷の方に曲った。またしても南にむかったわけである。その道は真直《まつすぐ》行けば明神下《みようじんした》に出、昌平橋《しようへいばし》に突きあたる。やはり河岸《かし》に出るつもりかと思ったとき、政次郎は今度は亀山藩上屋敷の塀に沿って、亀山藩と南隣の下野黒羽藩《しもつけくろばねはん》上屋敷の間の道に入って行った。

そこを通り抜ければ、その先は広小路につながる御成道《おなりみち》である。しかしさすがに丑松も、御成道に出るつもりだなと、のこのこ後について行く気にはなれなかった。遠く御成道への出口に、亀山藩の辻番所《つじばんしよ》の灯が見えているものの、その間の道は塀にはさまれて暗い。罠《わな》の口に見えた。

丑松は立ちどまった。振りむくと、道蔵がちゃんとついて来ていた。また前を見ると、政次郎の提灯《ちようちん》がどんどん遠ざかるのが見える。丑松は歩き出した。そしてついいそぎ過ぎたようである。顔を上げると、三間ほど先に政次郎が提灯をかかげて立っていた。

「おう、花垣の若い衆」

政次郎はほがらかな声をかけて来た。

「おれに何か用かね」

「店から手を引きな」

と丑松は言った。

「花垣は信用のある店だ。てめえのような悪党の喰《く》い物にされてたまるかい」

「おやおや、これは……」

政次郎はおどけた声を出した。

「つぶれかけた花垣に金を貸してやった福の神にむかって、店の奉公人が何たる言いぐさだ」

「うるせえや」

丑松はつめ寄った。

「てめえのあくどい商売はとっくにお見通しだぞ。いい加減に手を引かねえなら、こっちにも覚悟がある」

威勢がいいなあ、気に入ったなあと政次郎は丑松をからかった。

「しかしまだ借金の取り立てが残っていてな、脅されて、はいさよならとも言えねえんだなあ」

「借金はもう返したのに、利息がわりにおかみさんをおもちゃにしてるって聞いたぜ」

「あ、それは何かの勘違い。借金はまだこーのぐらい残ってるし、利息もこーんなにたまってるんだ」

政次郎は提灯を持ったまま、手で山をつくってみせた。そしてわかったかね、若いのと言った。にわかにつめたい声を出した。

「わかったらとっとと消えな。そのどんぐり眼《まなこ》は目ざわりだ」

「ちきしょう」

丑松は殴りかかって行った。しかし政次郎の胸は鉄壁のようで、殴った丑松のこぶしの方がしびれてしまった。そしてあっと思ったときには腕をねじ上げられ、腰を蹴《け》られて頭から地面に突っこんでしまっていた。

丑松ははね起きた。匕首をつかみ出して鞘《さや》を捨てると、政次郎に身体をぶちあてるようにして突っこんで行った。しかし政次郎は躱《かわ》しもしなかった。丑松は強い力で手首をつかまれて、たわいなく匕首《あいくち》を取りおとし、つぎの瞬間には万力《まんりき》のような力で身体を宙に持ち上げられていた。

政次郎は無慈悲な力をこめて、丑松を地面に叩《たた》きつけた。頭を打って丑松は気を失った。気が遠くなる寸前に、地面に落ちた提灯《ちょうちん》が燃えているのが見えた。そのあとに暗黒がおとずれた。

五日後に、丑松はやっと花垣の料理場に出た。右の手首の骨に罅《ひび》が入り、まだ右腕を動かせなかった。顔は半面が擦り傷で赤黒く腫《は》れ、一部はかさぶたになっている。しかし顔の腫れは引きはじめ、全身の痛みもようやくやわらいだので店に出て来たのである。

店の者にはわるいやつに絡まれて、と言訳したが、信用した者は一人もいなかったようである。みんなが無気味なものを見るような目で、手首に厚く巻きつけた布や、お面をかぶったような丑松の顔を見た。

四ツ（午前十時）ごろに、おかみさんが料理場をのぞいて、丑松、ちょっとおいでと言った。連れて行かれたところは、お目見えの日に通された茶の間だった。

ほかに人はいなくて、おかみさんは紙に餅菓子《もちがし》を乗せて出し、丑松に喰《く》えと言った。

「まあ、まあ、大そうな傷だねえ」

おかみさんはしみじみと丑松の顔を見たあとで、ぷっと吹き出した。そして口に手をあてると声を出して笑った。多分むかしのおかみさんはこうだったに違いないと思わせる明るい笑い声だった。笑っているおかみさんを、丑松がぼんやり見ていると、やがて笑いやんだおかみさんが言った。

「まだ、痛むかえ」

「いえ」

「話は聞きました」

「…………」

「でも、お店やあたしのためにあの悪党に刃向ったりするのはおやめ。何をしたって、このお店は潰《つぶ》れるだけ。もう、どうにもなりはしないんだから。おまえが怪我《けが》するだけ損だ。わかったかい」

「はい」

「今度またこの間のようなことをしたら、おまえあの男に殺されるよ。おそろしい人なんだからね」

おかみさんは口をつぐんだ。それから微笑してまた言った。

「でもいままで、あの悪党に手向った人は誰もいなかった。丑松、おまえ一人だけだよ」

「…………」

「ありがとう。あたしはうれしかった」

丑松はおかみさんと言おうとした。だが、声のかわりに目にどっと涙があふれて来て、丑松はいそいで腰の手拭《てぬぐ》いを取ると、その中に顔をうずめた。

しばらくして顔を上げると、おかみさんはまだ微笑して丑松を見ていた。そして言った。

「餅菓子《もちがし》を喰わないんだったら、足して上げるからおっかさんに持っておいで」

男のくせに、どうしてあの人の前に出るとみっともなく泣けて来るんだろうと、丑松はそのときも思ったのだが、とうとうそのわけがわかる日が来た。丑松を茶の間に呼んだ翌日の朝、おかみさんは手首を切って死んだ。


「お手当ての方は大丈夫だろうな。おれはただ働きはせんぞ」

と金子《かねこ》市之丞《いちのじょう》は言った。

「心配いらねえって。ちゃんと払いますよ」

丑松は胸を張って答えた。

「おかみさんの敵を討ってやるからと言ったら、あの頭のおかしな旦那《だんな》は十両出しましたからね。ひとつ山分けと行こうじゃないですか」

「山分けと言うとどう分けるんだ」

「五分五分ということですよ。ほんとはこっちは雇い主、金子さんに手間を払う立場だからそっちは四分でいいかなとも思ったが、ほかならねえ金子さんだ。半分コにしましょうや」

「それは少し料簡《りょうけん》違いじゃねえのか、丑松。こっちは命がけで働かなきゃならんが、おまえはただ見物してるだけだ。四分六分でおれの取り分が六分、それが相場というものだろう。誰に聞いたってそう言うぞ」

「ちぇ、金子さんも銭かねに汚くなったなあ」

「そんなことはない。おれはただ世間並みのそろばんで行こうと言っているだけだ。それが不服なら、この仕事はおりる」

「ばか言っちゃいけませんや。この期《ご》におよんで……。あ、来やがったぜ」

二人が待ちうける道に、男が一人現われた。明かりは持っていないが、月の光にうかぶ長身はまぎれもなく政次郎だった。政次郎はいつもの軽快な足どりでずんずん歩いて来る。

「四分六で呑《の》んだ。あんたの取り分が六両だ」

丑松は言ったが、市之丞は答えなかった。近づく男をじっと見つめている。そして、やがて雪駄《せった》をぬぐとうしろに蹴《け》とばした。

その様子を見ていたらしい。三間ほどに近づいたところで、政次郎も立ちどまった。さぐるように市之丞を見てから、今夜は匕首《あいくち》を出した。

「おれの兄貴を連れて来た」

丑松は言いながら、うしろに逃げた。

「折り入って蝮の政に挨拶《あいさつ》したいそうだぜ」

だが政次郎は返事をしなかった。ずかずかと近づくと、無造作に匕首をふるって市之丞に斬《き》りつけた。すばしこい動きで、市之丞はのけぞって辛うじて躱《かわ》している。

市之丞も抜き合わせて、すぐにはげしい斬り合いになったが、政次郎は二本差を少しも恐れていないように見えた。右に左に体を転じながら、大胆に踏みこんで斬りつける動きが、見たこともないほどに素早かった。そして巧みに市之丞の刃を躱《かわ》した。見ていると市之丞の方が斬られ、押されて少しずつうしろにさがっている。

「金子さん、どうした。しっかりしてくださいよ」

たまりかねて丑松がどなった。そして自分も懐の匕首を抜いた。もし市之丞がやられたら、かなわぬまでも政次郎に突きかかるつもりである。のぼせて目がくらみそうになりながら、丑松は大きく喘《あえ》いだ。しかしそのとき、市之丞は刀を構えたまますするとうしろに退いて間をあけた。腰の据わった見事な引き足だった。その市之丞を、足音も立てずに政次郎が追って来る。

政次郎の匕首の構えは無気味だったが、市之丞は今度は一歩も退《ひ》かなかった。八双《はっそう》から斬りおろしたすさまじい剣で政次郎の出足をとめると、右に左に軽々と動いて踏みこみを封じ、次第に政次郎を押しはじめている。市之丞の身体がようやく、命のやりとりの瀬戸ぎわに立った者の狂気を発散しはじめたのを、丑松は感じた。

政次郎は二度、三度と前に出ようとしたが、そのつど腕や肩を斬《き》られてうしろにさがった。そしてついに、政次郎は大名屋敷の塀に追いつめられた。屈せずに、政次郎は跳ぼうとしたようである。

そのとき、市之丞の刀がひらめいた。

「やっ、やっ」

市之丞は短い気合いを二度発した。そして目にもとまらぬ早業で刀を鞘《さや》にもどすと、あとを振りむきもせずに丑松の方にもどって来た。

しかし丑松は見ていた。政次郎の身体は塀をこするようにして三尺も飛び上がってから、どさりと地面に落ちた。しばらくして政次郎は吠《ほ》えはじめた。獣のような声だった。

丑松と金子市之丞は、大いそぎで大名小路を抜け出た。広小路に出ると、秋の月が真白に広場を照らしていた。二人のほかに人影は見えなかった。

「峰打ちだ。手と足を折ってやったよ。足は一生使いものにならんな」

市之丞は言うと、立ちどまってこれを見てくれと丑松の方を向いた。市之丞の顔からも手からも血が流れ、着物の袖《そで》は斬り裂かれて荒布《あらめ》のようにぶらさがっている。

「あんなに手ごわいやつとは思わなかった」

「気の毒したよ。いい男が台無しになっちゃったね、金子さん。でも、無事でよかった」

「これで四分六じゃ合わん。いっそ七三で行こうじゃないか」

こころもちドスを利かせて、市之丞は言った。もちろん七両よこせということである。傷代を上乗せしろと言うわけだ。市之丞も貧に窶《やつ》れて、言うことに少し我慢がなくなって来たようである。

いいですよ、と丑松は言った。

「今夜は金子さんのおかげだ。なんだったら、八二でいいですよ」

「おい、ほんとかね」

あんまりあっさり丑松が言うことを聞いたので、市之丞はかえって疑わしそうに丑松を見た。しかし丑松は、懐の金はおかみさんにいただいた小遣いのようなものだからと、めずらしく淡白な気分になっていた。

しかしせっかくうまく持ちかけて旦那《だんな》から巻き上げた十両なので、丑松も二両ぐらいは自分の金が欲しかった。

「それでいいんだ。行きましょうか」

と丑松は言った。

三千《みち》歳《とせ》たそがれ

天保六花撰ノ内・三千歳

一

「そろそろ起きなんし」

三千歳《みちとせ》はそう言うと、裸の腹に乗っている男の手を少しばかり邪険に押しのけて、身体《からだ》を起こした。うとうとしていたらしい片岡直次郎《かたおかなおじろう》は、急に邪険にあつかわれて不満そうなうなり声を立てた。

「何だい、まだ早えじゃねえか。おれは急いじゃいねえよ」

「でも、さっきお茶屋で会ったとき大事の話があると言わしゃんしたではないか」

床を抜け出て身づくろいしながら、三千歳は咎《とが》めるように言った。

「まだその話を聞いてありんせん」

三千歳は手早く着換えると、部屋の隅の衣桁《いこう》から綿入れ半纏《ばんてん》を取って羽織った。二、三日前に仲《なか》の町《ちょう》の桜の植え付けが済んだというのに、夜になるとまだ肌寒かった。

　三千歳は居間に移って行燈《あんどん》の灯を明るくしてから、火鉢の炭火を掘り起こした。煙管《きせる》を取ると、片膝《かたひざ》立てて深々と煙草《たばこ》を吸った。男はまだ夜具にもぐっている。むかしの間夫《まぶ》だから、添い寝して虫酸《むしず》が走るというほどではないけれども、三千歳の気持は直次郎から遠くはなれていた。

　こっちのそういう気持の察しもつかず、来ればたちまちむかしの間夫気取りで、大きな顔をしている男に、三千歳はかすかな苛立《いらだ》ちを感じている。

　声を張って呼んだ。

「直さん、起きなんし」

「うるせえなあ、おめえは……」

　直次郎がうめいて、ごろりと寝返ると三千歳に顔をむけた。

「ひさしぶりに来た廓《くるわ》だ。いい気持に寝てるところを起こす法はねえだろ」

「誰《だれ》のおかげでここへ来られたと言いんした」

「ちぇ、気の滅入《めい》るようなことを言いなさんな」

　直次郎は舌打ちし、ようやく起き上がると、色気もなくぽりぽりと脛《すね》を掻《か》き、それから立ち上がって着る物を身につけながら茶の間に出て来た。

「ずいぶん太りんした」

火鉢のむこう側にあぐらをかいた直次郎を見て、三千歳は言った。その間にも、火鉢にかけてあった鉄瓶の湯加減を見、茶道具を用意して、三千歳の手は休みなく動いている。

「太って貫禄《かんろく》が出たと言ってもらいたいものだ」

と言って直次郎はうす笑いをしたが、三千歳は一緒になって笑う気にはなれなかった。

――こんな人に……。

よくもあんなに夢中になれたものだと、もう三、四年前にもなるむかしの大騒ぎを思い返している。直次郎が〝おはきもの〟になって、大口屋に足踏み出来なくなったとき、二人でしめし合わせて廓を抜け出したときのことである。

しかしそのあと、金子市之丞《かねこいちのじょう》という本星の間夫が出来、またどこまで懐《ふところ》がひろいか底知れないような森田屋清蔵《もりたやせいぞう》を知ってしまうと、女に貢がせるしか能のない直次郎が、いかにもこせこせした小物に見えて来たのは仕方ないことだった。

そう思ったときに三千歳の気持は直次郎からはなれたのだが、直次郎の方は三千歳との長い無沙汰《ぶさた》を、三千歳に見限られたせいだったことは忘れて、ただ登楼の金の工面がつかなかっただけと思っている様子だった。むかしはすっきりと痩《や》せていた頬《ほお》に余分な肉がつき、顔は鉛いろで瞼《まぶた》は厚ぼったく、身体全体がむくんでいるような印象がある。

不摂生な暮らしをしているからだ、と三千歳は思いながら、青膨《あおぶく》れたような直次郎をしみじみと見た。色恋とはべつの、むかしの男に対する憐《あわ》れみの気分が胸に動いた。

「ご新造さまはいやすと？」

「おれ？」

直次郎はびっくりしたように三千歳を見返した。

「バカ言っちゃいけねえや。御家人とは名ばかりの博奕打《ばくち》ちに、女房が出来るわけがねえやな」

「相変らず骰子《さいころ》いじりでおいやすか」

「アタ棒よ」

と直次郎は言った。本人が言うとおり、恰好《かっこう》は武家だが、中身も口の利きようも市《し》井《せい》無頼の徒の感じが強い。

「金があれば博奕だ。おれはな、三千歳。賭《か》けるたびに、たんまり儲《もう》けてここに来ようと思うのだぜ。ほんとのことだ。儲からねえだけの話だ」

三千歳は相手にせずに話を変えた。

「それでよく、お上のお咎《とが》めがありんせん」

「それがな、おれは御鳥見《おとりみ》の小役人で、いまは何と、本所《ほんじょ》、深川《ふかがわ》の先の中川《なかがわ》というあたりを見回っているのだ。中川は知ってるか」

「耳にはしんしたが、見たことはありんせん」

「でけえ川だぜ。ここに冬の間は鴨とか都鳥なんてのがいっぺえ集まって来る。川っぷちはあまり家も建ってねえからな。そこを見に行って、今日は鴨がどのぐらいいたとか、鳥の寄りが少なかったとか、お頭に報告するのが役目だ」

「寒うありんしょう」

「冬の川っ風だ。寒いなんてもんじゃねえや。小名木川《おなぎがわ》を舟で行くのだが、途中でこごえてしまうこともたびたびだ。で、途中まで行って舟を下りる。相棒も怠け者だから大賛成、舟は深川の漁師の無賃のご奉公が決まりだから、船頭だって喜ぶ。そしてお頭には今日の鳥の寄りは少のうございましたと報告するのよ」

「おやまあ、上役を欺《あざむ》いて大事ありんせんか」

「心配ない、心配ない」

直次郎は手を振った。

「ま、出番のときはそんなぐあいにやってな、それで首がつながっているのだ。中川は遠いところだから、誰にもわかりゃしねえ」

「まるで、綱わたりでありんす」

「世の中万事、綱わたりよ」

直次郎は、三千歳がいれた茶をがぶりと飲んだ。

「綱わたりがこわくっちゃ、生きちゃいかれねえ」

威勢のいいせりふのわりには、直次郎の顔色は冴《さ》えなかった。長年の危ない綱わたりにくたびれたという風情でもある。

三千歳は、この男をはやく家に帰したかった。間夫《まぶ》気取りで明け方までいられるのは真平《まっぴら》だ、と思うほどに三千歳の気持は冷えている。それに、直次郎に言っても仕方ないが、本当の通人はきぬぎぬまではいないものだ。夜のうちにさっと引き揚げる。

「大事の話とは、何でありんす」

「まだ早えじゃねえか、ぱっと飲み直そうか」

「そんなお銭《あし》は預かってありんせん」

「ま、いいじゃないか。立て替えておいてくれよ、またじきに来るんだから」

三千歳は相手にしなかった。女にたかるのがうまかった一番悪いころの直次郎を思い出している。むかしとちっとも変らないと思った。

「練塀小路《ねりべいこうじ》の殿さまのご用と言わしゃんした。さ、聞かせてくんなまし」

「殿さまってえのは、河内山《こうちやま》の兄貴のことかい、ケッ」

直次郎は鼻で笑った。

「殿さまってえ柄じゃねえや。やってることはおれとちょぼちょぼよ。おめえだって、まんざら知らねえわけじゃなかろうが」

「でも、わちきに頼み事をして来いと、お銭を沢山くれたと言わしゃんしたではないか」

「金があれば殿さまかえ」

直次郎は河内山宗俊《そうしゅん》に何か含むところでもあるのか、何となく絡《から》んだような口をきいたが、ようやく遊ぶ金を出してもらって三千歳に会いに来た用を話す気になったようだった。

「おめえの馴染《なじ》み客《きゃく》に、お旗本の比企《ひき》というのがいるだろう」

「あい、大事の客でありんす」

「ところがその比企という男はな、旗本じゃなくて水戸さまの家来なのだ」

と直次郎は言った。

二

三日前の夜。片岡直次郎は下谷《したや》練塀小路の河内山宗俊の家の奥で、柱に寄りかかりながらぼんやり膝《ひざ》を抱いていた。

目の前では水戸浪人の三次郎《さんじろう》、とんびの与吉、くらやみの丑松《うしまつ》ほかの常連が数人、黙々と哥留多《かるた》をめくっていて、直次郎はそれを眺めているのだが、持って来た金はついさっき、最後の一朱まで巻き上げられて懐の中は空っぽだった。ほかのやつらが遊んでいるのを見ていても、少しもおもしろくない。

だが、そうかといって湯島の組屋敷に帰るのも、気がすすまなかった。つめたい万年床が待っていると思うと、自分の家なのにぞっと寒気がして来る。

直次郎が浮かない顔で膝を抱いていると、ちょうど正面の襖《ふすま》が開いて河内山が顔を出した。

「片岡はいるか」

と河内山は言ったが、すぐに状況を見て取ったらしくて、何だ、もう負けたかと言った。ほかの者は、河内山が顔を出しても見向きもしなかった。

「片岡、ちょっと来い。ちょうどよかった、お前さんに話がある」

と河内山は言った。河内山のあとについて居間に行くと、そこには誰もいなかったが、火鉢にかかった鉄瓶がかすかな音を立てて、部屋はあたたまっていた。

河内山の話というのは、こういうことだった。かなり前のことになるが、河内山はある大名屋敷で影富《かげとみ》をやっているという話を小耳にはさんだ。影富というのは、江戸市中の寺社で行なうお上公認の富籤《とみくじ》に合わせて、非公認の富籤を興行するもので、当り籤は公認の本富の当り籤に合わせる。当然この私的な陰の胴元にも莫大《ばくだい》な利益金が落ちるわけで、もちろん露見すれば罪になる闇《やみ》の興行だが、事実は禁令を無視して社寺のみならず武家、商家の間にこれが大流行しているのが実情だった。

それにしても、まさか天下のお大名がそんな危ないことに手を出すはずはなかろうと河内山が思っているうちに、そのうわさは間もなく消えた。

「ところがだ、そのときのうわさは事実で、その不埒《ふらち》な大名というのは、何と水戸少将さまらしいのだ」

「まさか」

と直次郎は言った。心底おどろいていた。

「な、おまはんだってそう思うだろう。徳川御三家の一、水戸さまが天下の法を犯すはずはねえと、誰しもそう思う」

「そりゃそうですよ」

「ところが、この一件はどうやら本物らしいのだ」

河内山は声をひそめて言い、直次郎にうなずいてみせた。

いま諸国のお大名は、ほとんど例外なく藩の費用の捻出《ねんしゅつ》、やりくりに苦しんでいて、多額の借金を背負って利息払いに追われている藩はちっともめずらしいことじゃねえと、河内山は言った。水戸藩の場合も事情は似たようなもので、国元では領内の富者から御用金を上納させ、藩札を発行し、近くは金納郷士を取り立てるなど、さまざまの手を打っているものの、藩財政の行き詰まりを打開するほどの効果はあがらず、そのしわ寄せは藩内のいたるところに出て来ている。

「たとえば江戸屋敷だ」

と河内山は言った。

「江戸屋敷というのは藩の表役所だから、将軍家、親戚藩《しんせきはん》、一族とのつき合い、他藩とのつき合いから交渉ごと、そういったものが全部ここにかぶさって来て、それぞれに出費が絡む。わかるか」

「ええ、ま」

「だがそれよりもっと金がかかるのは、江戸屋敷の人の暮らしだ。殿さまの一族、奥の女子衆《おなごしゅう》、それに使われる女たち、表の役人、その下に使われている中間《ちゅうげん》、小者《こもの》、庭師……。みんな暮らさにゃならん、喰《く》わにゃならねえというわけだから、これはもう途方もねえ出費になる」

「………」

「藩によっては、もうひとつの国元と呼ぶぐらいのものだ。そこへもって来て水戸家は大藩だ。江戸屋敷の掛りも推して知るべしというものさ。近ごろはにっちもさっちもいかなくなってるそうだ」

「それで影富を？」

「うむ」

河内山はうなずいた。

「また、ちらと耳に入って来たのだ」

「いまもやっていると？」

「いや、こないだまでやっていたという話だ。場所は永代新田《えいたいしんでん》の水戸さま下屋敷だという。永代新田といっても、お前さんは知らねえだろうが……」

「いいえ、知ってますよ」

と直次郎が言った。

「深川の十万坪の先だ。怠け者だが、これでも御鳥見。あのへんは一応縄張りですから」

「へえ、おどろいたね」

と河内山は言い、はじめて笑顔で直次郎を見た。

「なにしろ辺鄙《へんぴ》なところだから、お上の目なんかとどくもんじゃない、とおれにその話をしたやつは言っていたが、その男が影富を買ったわけじゃない。また聞きだというところが、ちっと弱いところだ」

「また聞きねえ」

「察するによほど信用があって口が堅い出入り商人かなんかに、高え籤《くじ》を買わせるようになっていて、めったな者は入れねえことにしてるのだろうよ。おれにその話をしたやつも商人だが、水戸さま出入りというわけじゃねえからの」

「…………」

「それはそれとして、どうもこの話、本物じゃねえかというのは、やつの話の中に大久保今助という名前が出て来たからだよ」

「それは、何者ですかい」

「それよ、経理家とでも言うのかな。おれもくわしいことは知らんが、名前はちょいちょい耳にしている。つまり計数に明るくて、いまにも破産しそうな大名家、旗本の家に頼まれると、財政顧問といった格でその家に入りこんで経済を建て直す。これが見事な手腕で、なかなかの人物だと評判の男だよ」

「で、水戸家でもその男を頼んだと」

「ま、そういうことらしい。影富をやらせたのは、その大久保だというのだ。いくら財政困難で打つ手がねえとしても、大久保ともあろう者が天下の御法に触れるようなことをすすめるかという疑いは残るが、瀕死《ひんし》の病人に劇薬を盛って生かすというきわどい法がないわけじゃねえ」

「なるほど」

「ところで、永代新田の下屋敷では、もう影富はやっていない。これは人を使ってさぐりを入れてみて、はっきりしたことだ」

「ははあ」

「それじゃもう、一切手を引いたかというと、さっきの男の話では、どうもそうじゃない、河岸《かし》を変えたのじゃねえかというわけだ。おれもその見方に賛成だ。人間、みすみす儲《もう》かる仕事からそう簡単に手をひけるもんじゃねえ」

「するてえと？」

「小石川の上屋敷か、本郷追分《ほんごうおいわけ》の中屋敷でやってるということさ」

直次郎がまさかといった顔で河内山を見ると、河内山は鋭い目で直次郎を見返した。

「おれは何としてもそいつを突きとめたい。もし事実なら、片岡よ、おもしれえゆすりの種が出来るだろうぜ。相手は天下の水戸さまだ。ゆすり甲斐《がい》があるというものだ。ついてはお前さんに頼みがある。吉原《よしわら》に行って三千歳に会って来てくれ」

三

ま、そういうわけで遊ぶお銭《あし》をたんまりもらって、おめえに会いに来たのさと直次郎は言った。

「お茶屋で、練塀小路の兄貴に会ったそうじゃねえか」

直次郎は、三千歳がいれた熱い茶をすすってから言った。

「大分前の話らしいが」

「去年の暮れざます」

「そのときに、兄貴と一緒の男がいたろう。痩《や》せてひょろりと背の高い男だ」

「わちきはおぼえがありんせん」

「一緒だったんだよ。三次郎という男だがな。こいつがまた博奕《ばくち》やゆすりの手伝いで喰《く》っている悪《わる》だが、素姓は水戸浪人だ。それでおめえの馴染《なじ》みが水戸屋敷の比企という男だと気づいたというんだ。隠しごとは出来ねえや」

「あの方は、お旗本とばかり思っていんした」

「水戸家ご家来と名乗っちゃ、遊ぶのにつごうわるいことがあるんじゃねえのか」

「………」

「それはともかく、兄貴が調べたところでは、比企東左衛門は水戸家江戸屋敷の役持ちだそうだ。むろん影富のことは先刻承知だろうから、そいつをいまどこでやっているか、三千歳に聞き出させろというのが兄貴の命令だ。どうだ、やってくれるか」

「わちきには出来んせん」

三千歳はきっぱりと言った。

「なんでだ？　怖《こえ》えか」

「怖いより何より、比企さまはわちきの大事な客でありんす」

「またまた、気取ったことを言ってる場合じゃねえぜ、三千歳」

と直次郎は言った。

「むかし、河内山の兄貴にさんざん世話になったのを忘れやしめえが……」

「忘れちゃありんせんが、むかしはむかし、いまはいま。天秤《てんびん》にかければ、わちきにとってはいまが大事でありんす」

「ちぇ、おめえも齢喰《としく》って計算高くなっちまったな」

直次郎が言ったが、三千歳は返事をしなかった。

直次郎にそそのかされて廓《くるわ》から逃げ出し、危うく足抜きの制裁を受けるところだったのを河内山と森田屋清蔵に救われ、しばらくしてまた吉原にもどったとき、三千歳は再勤《またづと》めで人気が出た。しかしそのときも、三千歳はもう若くなかったのである。

それからざっと三年ほどがたち、三千歳はもう誰が見ても年増《としま》だった。めったな客には聞かせないいい喉《のど》の端唄《はうた》と、気性が素直で童女めいたところを贔屓《ひいき》にして通って来る客はまだいるけれども、その数はだんだんに減り、いずれはいまの座敷持ちから部屋持ちに変る日が来ると三千歳は覚悟していた。

部屋持ちは座敷はなくて部屋だけといっても、まだ客を迎え、自分が寝起きするひと部屋をあたえられるからいいが、二十七の年季明け前に、客足がぱたりと止まったそのときはどうなるのだろう、と三千歳は思う。楼主は部屋を取り上げるだけでなく、ほかの店に鞍替《くらが》えさせるかも知れない。

どこへ？　と人に聞くまでもなかった。大口屋は交《まじ》り籬《まがき》と呼ばれる格の店だから、鞍替え先は一段下の総半籬《そうはんまがき》の店になるだろう。総半籬は、大籬、交り籬のように引手茶屋からの呼び出しはない。客は直接登楼して来る。

そして総半籬の店にも、座敷持ち、部屋持ちはいるけれども、大広間に雑居して、大部屋を屏風《びょうぶ》で仕切っただけの割床《わりどこ》と呼ばれる場所で客を取る二朱女郎がいる。客足が止まって鞍替えさせられる遊女に、部屋があたえられるとは思えなかった。とすれば、落ち行く先は二朱女郎暮らしである。

――それに……。

二十七になるまで、身請けする者もなく年季が明けたら、そのあとはいったいどうなるのだろうと、三千歳は自分の行末を思って呆然《ぼうぜん》とすることがある。

三千歳は血縁とは早く死に別れ、ほかにこれといった身寄りもいない孤独な身の上である。十四のときに廓《くるわ》に買われ、生きるすべはここでおぼえた。しかしかりにあと四年、年季を勤め上げて娑婆《しゃば》に出たところで、娑婆は不案内である。顔も見知らぬ他人の中で、どうして生きて行かれよう。

少し前まではそんな心細い思いをしたことはなかった。直次郎とは別れても、父親のような気配りをみせる森田屋清蔵がいて、金子市之丞がいた。そして何よりも若かった。しかし森田屋は、突然たずねて来て、床花《とこばな》というにはあまりに大金の百両をくれたあと、ぷっつりと消息を絶ってしまったし、二世を契ってもと思った金子市之丞は、いまも三月に一度はぶらりと現われるものの、来るたびに顔色が暗くすさんで行くのはなぜなのかと、三千歳は思う。すべてが心細かった。

廓を取り囲むおはぐろどぶの西河岸《にしがし》、東河岸に、河岸見世《かしみせ》と呼ぶ場所がある。そこは容色おとろえ、あるいは病気持ちになった遊女が行くところで、三十、四十と齢喰《く》った女郎衆が荒稼ぎをしているのだとも聞く。同じ廓の内なのに、まだ見たこともないその河岸見世が、まだ楼主に借金がある自分が、やがては行く闇《やみ》の底の世界かと思われて、三千歳は人知れず身顫《みぶる》いする。

そういう境涯にいると、比企東左衛門のように、客としてのおもしろ味はなくとも、自分を贔屓《ひいき》にしてくれていることがはっきりとわかる客は有難く頼りになった。とくに比企東左衛門は、紋日《もんび》というような、遊女が出費をねだり、またねだる相手がないと抱えの妓楼《ぎろう》にメンツが立たない、借金が重なるといったときに、決して少なくはない金を気持よく出してくれる。いまの三千歳には、なくてはならない客だった。

——ふん、何がむかしの義理だえ。

と、三千歳は腹の中で直次郎に毒づいた。変なことにかかわり合って、大事の客をしくじるつもりは全然なかった。

「もくろみがうまく行ったら礼金ははずむと、兄貴は言ってるぜ」

直次郎は未練たっぷりに言った。

「いくらざますか」

「十両だ」

「ふん」

と言って、三千歳は横を向いた。

「十両じゃ不足か、おい」

「あい、不足でありんす。お客を裏切るようなことは、わちきには出来んせん。練塀小路の殿さまにも、三千歳がそう言ったと伝えてくだしゃんせ」

「ま、いい。いそぐ話じゃねえ。そのうちまた来らあ。兄貴が遊び金をくれればな」

と直次郎は言った。しかし三千歳の強腰の応対に、意気消沈したように見えた。

四

直次郎が来て、おかしなことを言って帰ったあと、三千歳は直次郎でなくて金子市之丞ならよかったのにと思ったものだが、その思いが通じたように、それから十日ほどしてひょっこりと市之丞が来た。

三千歳は、客が減って稼ぎが落ちて来たというものの、数少ない贔屓客《ひいききやく》が比企東左衛門や常盤屋《ときわや》という神田《かんだ》の太物《ふともの》問屋、三浦屋という芝の油問屋など、いずれも金ばなれのいい男たちなので、楼主はまだ座敷をあたえ、呼出し遊女の格をあたえていた。

つまり客は、まず引手茶屋に三千歳を呼び出し、そこで遊んで茶屋に金を落とし、そのあと改めて大口屋に乗りこんで来るという順序を踏むことになるので、じかに登楼する者よりもその分だけ金がかかるけれども、むろん金がたっぷりあって、世間体と廓遊《くるわあそ》びの格を重んじる客はその方を喜ぶのである。

ただし、遊ぶ金がなくて吉原に来られない市之丞のような浪人者にとっては、三千歳が金のかかる呼出し遊女であることは、ただ逢瀬《おうせ》の妨げとなるばかりである。

三千歳はいまもそのことを気にして、二人だけになるとすぐに言った。

「よくお金の工面がつきんした。うれしゅうおすえ」

そう言う三千歳は、森田屋清蔵にもらった百両の金のうち半分は妓楼《ぎろう》の古い借金の返済に回し、あと半分は市之丞に貢いでしまっているのだ。

そして三千歳のいいところ、あるいはあわれなところは、そのことをすっぽりと忘れていることである。五十両ほどの金を、市之丞は全部が全部三千歳と会うために遣ったわけでもなかったろうが、ともかく二年ほどの間に遣いつくした。しかし三千歳はそれにも頓着《とんじゃく》しない。貢いだ金で、当座男がしげしげと自分に会いに来てくれたのを喜んだだけである。

そしていまは、どことなく尾羽打ち枯らした感じになって来た市之丞の金の工面を案じている。三千歳は金銭にはごくうとい女だった。そして、そのことが三千歳に遊女の中の遊女とでもいった愛すべき風情をつけ加えているのを、ごく少数の贔屓客だけは承知している。

「花が咲いたようだな」

市之丞は、三千歳の言葉には答えずに、べつのことをぽつりと言った。

三千歳についている新造も禿《かむろ》もみな下がらせて、床入りするばかりになっているのに、二人はまだ寝間の行燈《あんどん》の光の中で、顔を見合わせて坐《すわ》っていた。だが三千歳はそれだけでもうれしかった。

市之丞は前よりもやつれたようで、その頬《ほお》のくぼみが行燈の光で濃い影をつくっているのをみると、三千歳は目の前の男いとしさで胸が切なくなる。

やさしく言った。

「花を見なんすか。二階から見ると、雪洞《ぼんぼり》の灯できれいざます」

仲の町の桜は、毎年三月一日に植えて月の晦日《みそか》にはそれを根こそぎ持ち去る。決まった植木屋がその仕事を請け負い、費用は百両を越すと言われている。廓名物《くるわめいぶつ》のぜいたくな趣向だった。だが、市之丞はそれほど桜に興味があったわけではないらしく、いやと首を振った。

そしてまた、突然に言った。

「花魁《おいらん》、八州回《はっしゅうまわ》りの佐藤という男がここに来なかったかね」

「八州回り？　いいえ」

三千歳は首を振った。

「八州回りとは何ざます？」

「関東取締り出役《でやく》といってな、関東一円の天領の村々を取り締る小役人さ」

「いいえ、わちきに来るのは素姓の知れた人ばかり、そんなこわい人は来いせん」

「佐藤というのはな」

市之丞はうつむいたまま顔ににが笑いをうかべた。

「齢はおれより三つ四つ上で、右腕がない。その腕は、おれが斬《き》ってやったのだ」

「おお、こわ」

と三千歳は言った。実際に首筋がぞくぞくして、三千歳は襟をかきあつめた。

「なぜ、そんなこわいことをしんした」

「それについては長い話がある」

と市之丞は言った。

「それはともかく、そいつがとうとう猿屋町《さるやちょう》の道場を嗅《か》ぎあてて、姿を現わしやがった」

「ぬしさんをつかまえに？」

「そうだ。おかげでこっちは近ごろ、あっちに隠れこっちにひそみ、ゆっくりと眠る間もないくらいだ。この間は料理人の丑松な、下谷《したや》山崎町のやつの家にかくまってもらって、鳥目のばあさんに養われていたのだ」

「それでは痩《や》せなんすのも無理はありんせん」

三千歳は手で口を覆ってくすくす笑ったが、つぎの市之丞の言葉を聞いて顔いろが変った。市之丞は、江戸には住み辛《づら》くなった、田舎《いなか》に帰るほかはないと言ったのである。

「今夜は花魁《おいらん》、そういうことだからおまえに別れを言いに来たのだ」

「ぬしさんえ、そっちで少しくわしい話を聞きとうおす」

三千歳は言うと、床入りの支度をしていた市之丞にすばやく綿入れの半纏《はんてん》を着せかけ、自分もきりきりと動いて着換えた。

花の季節になっても夜は冷えることがあるものだが、今夜はあたたかかった。部屋の障子が明るく、外ににぎやかな人声がするのは、雪洞《ぼんぼり》の灯にうかぶ夜桜を眺めながら、人が花の下を行き来しているのだろう。

三千歳は座敷の火鉢のそばに男を誘うと手早く茶を出し、ついで長煙管《ながぎせる》で煙草を吸いつけて市之丞にわたした。市之丞は目を伏せて、黙々と煙草を吸った。その愁いありげな男の表情が、また三千歳の胸を痛いほど締めつける。

「こなさんの、田舎はどこにございます」

「下総《しもうさ》流山さ」

「でも、人の少ない田舎に行っては、かえって目立って危のうありんす」

「なに、その佐藤というやつは、田舎から江戸に人を呼んでおれの居場所を探させているのだ。いまはむこうの方が安心だ」

「でも……」

「それに流山には母親と姉がいる。ひさしく会っておらんから、つかまる前に一度は顔を見せたい気持がある。尾羽打ち枯らして帰るのはみじめだが、そんなことは言っておられぬ」

「……………」

「親に会ったそのあとなら、つかまってもやむを得ん」

「何でまた、そんな気弱なことを言わしゃんす」

三千歳は言いながら、急に目に涙がにじみ出て来るのを感じた。市之丞とこれが今生の別れかも知れないという思いが、にわかに胸に溢《あふ》れたのである。

三千歳は手をのばして長煙管を受け取ると、煙草をつめて深々と吸った。すると胸に溢れたものは少しずつ消えて、かわりに奇妙に虚《うつ》ろな気分が同じ場所に入りこんで来た。無性にさびしくなって、三千歳は言った。

「どうぞ、また帰って来ると言わしゃんせ」

「むろんだ。わるかった、帰って来るとも」

だが三千歳はその言葉を信用しなかった。襟に埋めたおとがいを上げて、市之丞をじっと見た。

「なぜ八州のお役人が、ぬしさんを追わしゃんす」

「おお、その話をしようか。三千歳、おどろくなよ。やつが追って来るのは、おれが元はちっと名の知れた博奕《ばくち》打ちだからだ」

家は、下総流山で醬油造《しょうゆ》りを家業にする裕福な家だった、と市之丞は言った。だがその家は市之丞が子供のうちに家運が傾き、父親が死んだときは莫大《ばくだい》な借金が残されていて家は破産した。

しかしそのあと、市之丞は醬油醸造の株にからむ悶着《もんちゃく》で、若輩の身で同業を恐喝して悪銭をにぎったのがきっかけとなり、土地の博徒の親分流山の三次の子分になる。そして度胸のよさと並はずれた賭博《とばく》の才で頭角をあらわし、やがて老博徒三次の跡つぎ、若親分と立てられるようになった。剣客大橋富吉に神道無念流を仕込まれたのもそのころで、市之丞は剣でも天稟《てんぴん》の才能を示してめきめき上達した。市之丞はそのころまだ二十《はたち》、こわいもの知らずの若い博奕打ちだった。

そしてかねて病弱だった親分の三次が死ぬと、その跡目を継いで五百人の子分をまとめる親分になった。はじめて三次の賭場《とば》をたずねたとき、若僧のくせに有り金を度胸よく一《ピン》に張ってピン小僧と綽名《あだな》されたころにくらべると、見違えるような貫禄《かんろく》をそなえる博徒に仕上がったのである。

しかし博徒として目立てばお上に目をつけられるのも当然で、そのころから関東取締り出役が、しきりに市之丞一家の賭場潰《つぶ》し、親分市之丞の召し捕りに動くようになった。中でも佐藤東一郎という出役がしつこく市之丞を追い回し、これを嫌った市之丞が旅に出ると、旅先まで跟《つ》けて来て逮捕の機会を窺《うかが》うようになった。

「とどのつまり武州松山でばったりと顔が合い、御用ときたからおれはやつの片腕を斬《き》りとばしてやったのだ。執念深い男だった。それで、もう流山にはもどれぬから江戸にもぐりこんだのよ」

「………」

「国にはもう十年ももどっておらぬ」

市之丞は深々とため息をついた。三千歳は立ち上がって男のうしろに回った。膝《ひざ》をつくと、半纏《はんてん》の袖《そで》をひろげて男の肩を包みこんだ。

「おっかさんに会って来なんせ」

三千歳は手を回して、男の身体《からだ》を強く抱きしめた。男の背から血のぬくもりが三千歳の乳房に、腹に伝わって来る。そのあたたか味に恍惚《こうこつ》となりながら、三千歳はささやいた。

「たくさんお金を持って、身なりも飾って帰りなんせ。二十両ほどの金の工面がつくあてがおす。十日ほどしたら、取りにおいでなんせ」

直次郎が帰ったあと、河内山宗俊からすぐに使いが来て、礼金の十両を二十両に値上げし、それも即金で渡すから、比企の一件をよろしくたのむという、下手に出た伝言をおいて行った。

首尾よく影富の場所を聞き出せれば、市之丞にわたす金は出来ると三千歳は考えていた。

五

「影富？」

比企東左衛門は、自分が水戸藩の人間であることは笑って認めたが、三千歳が影富の話を持ち出すと急に顔色を改めた。ついでひややかな声を出した。

「誰にそんなことを聞いたな」

比企東左衛門は帰り支度をしていた。五ツ半（午後九時）にまだ間がある時刻だが、比企は大方この時刻には引き揚げる。ひけ際《ぎわ》のいい客だった。

比企のつめたい声は、三千歳を顫《ふる》え上がらせた。こんな、人に探りをいれるような仕事が、自分の手に負えるわけがないと、三千歳は急に自信を失い、身も心も冷えて硬直するのを感じた。

しかし笑顔をつくってみると、いつもの習い性となっている人をそらさぬ愛嬌《あいきょう》がもどって来て、難なく笑えたのにはおどろいた。三千歳は、比企の眼光には気づかなかったふりを装って言った。

「はて、忘れんしたが、三浦屋さんでありんしたかいな」

「油問屋か」

比企は一瞬考えこむような表情になったが、すぐに下手な詮議《せんぎ》は野暮とでも思ったか、笑顔になって三千歳を見た。

「深川の下屋敷で影富をやっていると、そう申したのだな」

「あい、人に頼んで籤《くじ》を買い、少し儲《もう》けさせてもらったとか言いんした」

「人に頼んだ？」

比企は眉《まゆ》をひそめたが、すぐに冷静な顔にもどった。

「じつはな、以前にそんなうわさが立ってわが屋敷では大きに迷惑したことがあるのだ。で、調べてみるとこういうことだ」

比企は三千歳に煙草をくれと手で示し、吸いつけの煙草をもらうとすっぱすっぱと吸った。

「だいぶ以前の話だが、下屋敷の者たちが、無聊《ぶりょう》のなぐさめに公《おおや》けの富籤に合わせて仲間内で当り籤を当てて遊んだことがあるらしい。で、仲間内の遊びにとどめておけばいいものを、あるとき、たまたま屋敷に来合わせた出入りの商人に籤を買わせた、それが外に漏れて迷惑なうわさが流れたようなのだ」

「あい、大きにありそうな話でありんす」

「だから藩では、下屋敷の富籤遊びを固く禁じた」

「すると、いまはどこでおやりでありんす？」

三千歳はとぼけて聞いた。だが、話が薄氷を踏む段階にさしかかったことはわかっていた。腋《わき》の下にじっとりと汗をかきながら、三千歳は心の中に市之丞の名前を念じた。

昨夜、直次郎が改めて出直して来て、首尾よく影富の場所を聞き出したら礼金は使いをよこしたように倍額の二十両、しかも影富の一件を教えるのと引きかえに、前金でくれるという河内山の言葉を伝えて行った。比企の返辞次第で、市之丞に持たせてやる金が出来るのである。

「どこでだと？」

はたして比企は目を細めて、三千歳をじっと見た。細めた目の奥に、鋭い光と猜疑《さいぎ》のいろが動いた。

「それはどういう意味だ」

「いえね」

三千歳はわたりかけた橋に足を踏み出した。話題にしていることの危険さに気づいていない、鈍感な女子を装って言った。

「目のとどくところの遊びなら、許しゃんしたのではないかと思ったまででありんす」

「もしそうなら、どうだと申すのだ」

「わちきに人には内緒で籤《くじ》を一枚、買《こ》うていただきとうおす」

と三千歳は言った。

「うまくあてて、それで借金を返しとうおす」

比企は声を出さずに笑った。

「おまえは相変らず、夢のようなことを考えている花魁《おいらん》だの、三千歳。三浦屋か誰か

知らんが、罪なことを吹きこんだものだ」

「わちきは籤が好きでありんす」

「いくら好きでも、籤なんぞめったに当るものではないぞ」

「当らなくともおもしろうおす。お屋敷でみなさま遊ばしゃるときに、ぜひ一枚買う

てくだしゃんせ。籤の金は、わちきが払い、ぬしさんにご迷惑はかけんせん」

「よしよし、それでは今度その遊びがあるときに買ってやろう。しかし言うまでもないことだが、人には洩《も》らすでないぞ。三浦屋にもだ」

比企はもう一度、鋭い一瞥《いちべつ》を三千歳に投げた。

「しかしおまえが早合点するといかぬゆえ、念のために言っておくが、籤遊《くじあそ》びの場所は藩屋敷ではないぞ。おまえが申すとおり、影富は大はやりでも、大名屋敷では籤遊びなどは許さぬ」

おそらく比企の出入りを監視していたのだろう。翌日さっそくに首尾を聞きに来た直次郎に、三千歳は比企東左衛門との一切を話した。

「間違いねえぜ、三千歳」

直次郎は、聞き終ると凶暴な目つきになって言った。

「よくやった。水戸は、上屋敷の中で影富をやっているのだ。そのうち比企がおめえに籤をくれたら、それが動かぬ証拠になる。そいつをたしかめにもう一度くるから、くれぐれもやつに怪しまれねえようにしな」

それにしても、この大金をどうするつもりだと直次郎は、河内山に預かって来た二十両の金包みを渡しながら言ったが、三千歳は答えなかった。よけいなお世話だと思っていた。

だが、肝心の金の受取り手金子市之丞は、いくら待っても姿を現わさなかった。

三千歳が募る心配で商売も手につかない思いをしているころ、金子市之丞は町奉行所から小伝馬町《こでんまちょう》の牢《ろう》にもどるもっこに揺られていた。

霧のような雨が降り、頭から茣蓙《ござ》をかぶせてもらったものの、その茣蓙がずれて市之丞は髪を濡《ぬ》らしていた。髪からしたたる雨が顔を伝わって胸元に落ちて来る。

――逃げるならいまだな。

と市之丞は思っていた。

数日前、市之丞は三千歳に会いに吉原に行き、引手茶屋の丸子尾張《まりこおわり》に上がった。するとそこに町方が網を張っていてつかまったのだが、市之丞は手むかわなかった。おとなしく縛られたので、廓《くるわ》の一角で演じられた一瞬の捕物劇に気づいた者はほとんどいなかったろう。折柄《おりから》廓は張見世《はりみせ》の時刻で、見世清掻《すががき》の三味線の音が潮の音のようにひびく中を、市之丞は曳《ひ》かれて廓を出た。

そのとき市之丞が町方に手むかわなかったのは、行くところ行くところに町方の目が光り、追いつめられて疲れ切っていたこともあるが、八州回りを傷つけた兇状《きょうじょう》と博奕《ばくち》だけが理由なら、罪にはなっても命に別条はあるまいという考えもあったからだ。

どのような刑を受けるにしろ、つとめ切るには身体にまだ力が残っているいまのうちがいいと思った。年取ってからではつらい。

だが市之丞のそのもくろみは、今日で三度目になる奉行所の吟味で吹き飛んでしまった。今日の吟味与力《よりき》は細身の優男《やさおとこ》ふうの人物だったが、吟味場に出て来るとばくちのばの字も言わず、のっけから市之丞の刀に残る血曇りのことを持ち出して来たのである。風貌《ふうぼう》に似合わず老練な調べをするその与力は久坂という男だった。

刀の血曇りは、三千歳に通う金を稼ぐためにやった辻斬《つじぎ》りの名残りである。言い抜けるのに市之丞は脂汗をかいた。だが、このつぎもがんばれるかどうかはわからない。いずれにしろ、

――あれがバレては……。

とても命は助からない、と思いながら、市之丞はもっこの中で本縄からどうにか手首だけは抜いた。

道は一石橋《いちこくばし》をわたって、神田に入ったあたりのようである。先頭に立つ牢屋《ろうや》下男が持つ提灯《ちょうちん》の光が、前を行く男たちの足もとにはねる飛沫《しぶき》を照らすのを見つめながら、市之丞は機を窺《うかが》っている。護送の一行は、一番前の提灯持ちの下男、それと並ぶようにして歩いているのが小頭《こがしら》と呼ばれる牢屋同心、それにもっこ担ぎ二人とうしろにつ

く平番《ひらばん》同心一人。それが変らぬ顔触れだった。

もっこ担ぎの二人は問題がなかった。市之丞は今日小伝馬町の牢を出るとき、一瞬の隙《すき》を見て口に隠したツル（金）を、もっこ担ぎにわたした。ツルは二分、くらやみの丑松が入牢を知ってとどけて来た金だ。

市之丞の口から二分のツルを引き抜いたもっこ担ぎの男二人は、仁義を守った。たそがれにかかった奉行所を出るとき、市之丞のささやきを聞きとめると、もっこを直すふりをして手首の縄をわずかにゆるめたのである。

――まず、小頭だ。

手むかえばうしろの同心も斬《き》ってやろうと市之丞は思いながら、大きなうめき声を立てた。二度、三度とうめいた。

「どうした？」

前を歩いている小頭が振りむいたが、足はとめなかった。

「急に腹が痛んで来た」

「牢まで我慢出来んのか」

「いや、それが……」

市之丞は言って、七転八倒《しちてんばっとう》の恰好《かっこう》をつくった。もっこの中であばれた。

小頭が駈《か》け寄って来た。その小頭にもたれかかるようにして、市之丞はもっこから身体を乗り出した。そしてつぎの瞬間、頭から地面に落ちた。逆さに落ちながら、市之丞は小頭の腰から小刀を引き抜いている。そして立ち上がると同時に、背中から体当りしてうしろ腰に構えた小刀で小頭を刺した。

もっこのうしろについていた平番同心は、その光景を眺めながら、束の間放心していたようである。われに返って羽織を脱ぎ捨て、斬《き》りかかって来たときには市之丞はもう縄を切りほどいていた。ほんの二、三合斬りむすんだだけだった。同心は肩を斬られて暗い地面にのめった。

それを見て、提灯《ちょうちん》持ちの牢屋《ろうや》下男が一散に逃げた。雨が強くなった。

「いいか。いそいで牢に知らせようなどと、殊勝な気を起こすんじゃないぞ」

市之丞はもっこ担ぎを脅した。市之丞は全身から湯気を立てている。

「斬られた二人はまだ助かる。いたわりながらゆっくり帰れ」

言い捨てると、市之丞は前を行く提灯を目がけて、猛然と走り出した。

六

廓からわずかにはなれた西の方に入谷村《いりや》がある。田圃《たんぼ》と樹木に囲まれた村のはずれに、吉原の妓楼《ぎろう》大口屋の別荘があって、その家で三千歳が病気の身体を養っていた。

病気は、医者の見立てでは気鬱《きうつ》の病いである。危ない橋をわたって河内山から二十両という大枚の礼金をもらったものの、それをわたすべき相手、金子市之丞はぷっつりと消息を絶ってしまった。市之丞との間に、これまでとは違うひややかで茫漠《ぼうばく》とした距離が出来たと感じたとき、三千歳は急にこの世のことが何もかも嫌になったのである。

実際に身体のぐあいもわるくなり、三千歳は馴染《なじ》み客が来ても病気をたてに逢《あ》うのを拒んだ。大口屋の楼主は、三千歳を呼びつけて怒ってみたが、このときにみせた三千歳の投げやりで反抗的な態度は、楼主がそれまでに見たことのないものだった。

「三千歳は病気だ。医者にかけて養生させてみよう」

と楼主はおかみに言った。三千歳の借金はまだ半分以上も残っていた。ここで鞍替《くらが》えさせるわけにもいかないと気づいたのである。

廓の花見はとっくに終り、入谷村からもっと西の上野の山から北にのびる台地にかけて、一日一日と木々の芽吹きがかがやきを加える季節に入ったある夜、三千歳に客があった。玄関に出た番頭新造の千代が連れてきたのは男二人、一人は大口屋の若い者清吉で、もう一人はくらやみの丑松だった。

「夜分に相済みません」

清吉は部屋の外にきちんと膝《ひざ》を折って坐《すわ》ると、うしろにいる丑松をふりむいた。

「このひとが花魁《おいらん》の知り合いだと言いやして、急用が出来たからどうしても今夜のうちに花魁に会わせてくれろというもので」

「あまり見たことのないひとだねえ」

千代が、やはり丑松を見ながら言った。千代は三千歳付きの番頭新造で、この別荘にも病人の身の回りの世話をするために付き添って来ていた。

「あなた、無理なことを言っちゃいけませんよ。花魁は病気養生でここに休みに来ていなさるんだからね」

「申しわけございません」

と丑松が言い、平手で顔の汗を拭《ふ》いた。その顔を注意深く見ながら、三千歳が言った。

「かまわない、かまわない。このひとは料理人の丑松さん。片岡さんや金子さんのお仲間だ」

「さいですか」

「しばらく丑さんと二人だけにしておくれ」

千代と清吉を遠ざけると、三千歳は丑松に部屋に入って襖《ふすま》をしめるように手で合図した。

「急用とは何だえ」

三千歳が言うと、丑松は小さな声で市の字の使いでめえりやしたと言った。その言葉は、清掻《すががき》の最初の撥音《ばちおと》のように、鋭く三千歳の頭の中で弾《はじ》けた。

「こっちにお寄り」

三千歳はささやいて、丑松をそばに招き寄せた。付き添いの番頭新造は妓楼《ぎろう》のお目付役でもある。いまも襖の外で聞き耳をたてているかも知れなかった。

「金子さんは生きていんしたか」

「へい。まだ花のあるころだったと思いやすが、花魁に会いに来てお茶屋に網を張ってたお役人につかまりましてね。そのあといろいろとありやしたが、無事でさ」

丑松は金子市之丞が奉行所の取り調べの帰りにもっこを抜け、牢屋同心たちを斬《き》って逃走したいきさつを話した。

「今度こそ、正真正銘の兇状《きょうじょう》持ちでさ」

「で、金子さんはいまどこに？」

「へい。亀戸《かめいど》村の先の中川の近くに隠れてますんで」

三千歳の目に涙が溢《あふ》れ、つづけざまにしたたる涙が頬《ほお》を濡《ぬ》らした。安堵《あんど》の涙だった。

生きてさえいてくれればいい、と三千歳は思った。その様子をじっと眺めていた丑松が、もし花魁、と言った。

「あい」

「これから話すことについちゃ、この丑松を信用していただかねえと困りやすが、あっしはじつは金子さんに頼まれて、花魁《おいらん》に金をいただきに来やした」

「…………」

「花魁には話してあると言いやしたが、金子さんはこれから生まれ故郷の流山に行くおつもりです。ついては舟を雇って向う岸にわたるにしても、大枚の金がいると……」

「わかっています」

三千歳は丑松の言葉をさえぎった。

「金子さんは、そのお金をなんぼと言いんした」

「二十両」

三千歳は涙を拭《ふ》いた。丑松にうなずくと立って箪笥《たんす》のそばに行った。

夏の日はとうに西に傾いていたが、地上にはまだ昼の名残りの暑熱が淀《よど》んでいた。

町家の若女房ふうに装った三千歳は、猿屋町のもと市之丞が借りて住んでいた剣術道場の前に長いこと佇《たたず》んでいた。市之丞がいなくなったあと、まだ新しい借り手が決まらないとみえて、大きな建物は人気《ひとけ》なく静まりかえっている。もちろん、神道《しんとう》無念流指南の看板はかかっていなかった。

突然、無人だと思っていたその建物から人が出てきたので、三千歳はびっくりした。しかし先方も、家の前に見馴《みな》れない垢抜《あかぬ》けした女がいるのにおどろいたらしく、目をみはって三千歳を見た。

男は小太りの身体つきで、手に濡《ぬ》れた雑巾《ぞうきん》と内掃きのほうきを持っていた。しかし身なりはわるくなかったので、三千歳がこの空き道場の大家ではないかと思ったとき、男が声をかけて来た。

「何か、この家にご用ですか」

「わちきは金子さんの知り合いでありんす。金子さんはまだ、もどって来いしませんかか」

しゃべったので、男はすぐに三千歳の素姓に思いあたったらしい。しばらく痛ましげな目で三千歳を見つめてから口をひらいた。

「ここの先生はいま行方知れずです。くわしい話は知らないが、どうしたことか悪事に手を染めてお上に追われ、人を傷つけたと聞きましたな。それっきりです」

「…………」

「もう、ここにもどって来ることはありますまい」

三千歳は黙って頭を下げてから、男に背をむけた。甚内橋《じんないばし》の手前まで来ると、突きあたりの鳥越明神《とりごえみようじん》の門前に、駕籠《かご》をとめて待っている清吉の姿が見えた。

三千歳は今日、浅草の医者に来るという名目で妓楼《ぎろう》から外に出してもらったのだが、医者にいたのはほんのいっときで、そのあと付き添いの清吉に頼んで猿屋町まで来たのである。そこに市之丞がもどっていると思ったわけではない。ただ、市之丞が長年暮らしていたその建物を、一度見たかったのである。

だが来て満足したかといえば、そうではなかった。三千歳の胸の中に市之丞が残して行った空虚感は、前よりもいっそう大きく、ほとんど堪えがたいほどに大きくひろがったような気さえする。三千歳はうつむいて橋をわたった。

するとゝ右手の元鳥越町の路地から出て来た男が、立ちどまって、おい、三千歳じゃねえかと言った。顔を上げると、直次郎が立っていた。直次郎はじろじろと三千歳を眺めてから、どうしたい、その恰好《かっこう》はと言った。

「浅草のお医者に来んした」

「まだぐあいがわるいのか」

「あい。でも、よほどよくなりんした」

「大事にしたがいいぜ」

と言ってから、直次郎は三千歳が来た方向にちらと目を走らせた。

「金子市か。やつは帰っちゃいねえぜ。もう、江戸にはもどれねえ身体になったのだ」

「承知でありんす」

「そうかい。それならいいや」

清吉がこっちに顔を向けて辛抱づよく待っている。三千歳はやはり頭だけ下げて直次郎に背を向けた。駕籠の近くまで来たとき、おい、三千歳という直次郎の声が聞こえた。

振りむくと、直次郎は橋の上にいた。

「おれも悪《わる》なら、金子市も悪。おれたちはそのようにしか生きられねえのだ。おめえがいちいち気に病むのはよしな。いいか」

三千歳の胸に、直次郎の声がこれまでになく、あたたかく入りこんで来た。三千歳は笑った。

片岡直次郎は、三千歳が自分を振りむいてにっこりと笑い、やがて駕籠に隠れるのを見ていた。日が落ちて、地面に据えた駕籠のあたりにはたそがれいろが這《は》いはじめている。

三千歳の駕籠が、薄明の町に紛れ、姿を消すのを見とどけてから、直次郎も橋をわたって歩き出した。

悪党の秋

天保六花撰ノ内・河内山宗俊

一

「また、わるいうわさを聞いたぞ」

と磯村宗阿弥《いそむらそうあみ》は言った。磯村は御同朋頭《ごどうぼうがしら》、御数寄屋《おすきや》坊主以外のすべての御城坊主を管轄する四人の男のうちの一人で、御坊主の間の威勢は飛ぶ鳥を落とすほどのものである。

磯村は大男だった。河内山《こうちやま》も並みの男たちにくらべれば大男の部類に入るが、磯村は河内山よりさらに首ひとつ背が高い。ただし身体《からだ》は痩《や》せていた。顔が長く、腕も長く、そして手のひらが大きかった。

その釣り合いの悪い身体つきと青白く表情のとぼしい顔が人に威圧感をあたえると言われていた。その上磯村のひとを見る細い目が尋常でなく鋭い。河内山はまだしも肌白く太っているので、二人が一緒にいると、どちらが悪党なのかわからないほどである。

「わるいうわさと言いますと？」

河内山はやわらかく聞き返した。

「わたくしめが、また何かゆすり、たかりでも働いたとでも……」

「とぼけちゃいかんな、河内山」

磯村は細い目をじっと河内山に据えた。不思議なことに磯村は、大店《おおだな》の旦那《だんな》のようなやさしい声を持っていて、またその声を荒立てることもなかった。

結果としてはその鋭い目とやさしい声のあまりの釣り合わなさも、一種の圧迫感を相手にあたえることになるのだが、本人がそのことを承知しているかどうかはわからなかった。磯村は無表情に言葉をつづけた。

「わしをごまかそうとしても無駄だ。浅草の寺にゆすりをかけて、大金を脅し取ったといううわさを聞いたぞ」

「ああ、あのことですか」

なんだ、もう洩《も》れてしまったのかと河内山は思った。近ごろは万事こうだ、むかしは悪事がこう簡単に外に洩れるような事はしなかったものだが、どこかタガが弛《ゆる》んできたのだ、おれもやきがまわったかねと河内山は舌打ちしたい気分だった。

十日ほど前に、浅草の中どころの、しかしけっこう名前が聞こえている寺院の住職が、手伝い女と称して寺内に妾《めかけ》を囲ったのを聞きつけて脅した。三十両になった。もっともその話を河内山に耳打ちしたのは馬の沓《くつ》こと、大川鉄蔵で、その大川に五両の礼金を渡したから、稼ぎは二十五両である。

それはだいぶ前の話でございますな、と河内山は言った。

「そうそう、三月《みつき》ほども前のことだったと思いますよ。いえ、とんでもありません。脅しとは人聞きがわるい。そんなお頭がご心配なさるようなことじゃなくて、人を世話してお寺から少々多額の駄賃をもらっただけのこと」

「…………」

磯村はまたたきもしない目で河内山を見ている。信用はしないが、何を言うか、聞くだけは聞いてやろうというふうにみえた。

「なにせ悪名が行きわたっておりますから、事を曲げてうわさを流す人間もいるということでしょうな。いえ、お頭に迷惑がかかるようなことはしておりません。どうぞご懸念なく」

「わしは自分の心配などしておらん」

磯村はお店《たな》の旦那のような声で言った。

「ただ、いまだにそういううわさが耳に入るようだと、三之助《さんのすけ》の出仕もむつかしくなろうと、わしはそなたのことを案じておるのだ」

同朋町《どうぼうちょう》の磯村の屋敷を出て、河内山はぶらぶらと下谷広小路《したやひろこうじ》の方に歩いた。ただの顔つなぎの挨拶《あいさつ》に、菓子折のほかに十両の金を包んで行ったのに、磯村との会見は、なんとなく首尾わるく終った感じがある。まっすぐ家に帰る気はしなくて、とりあえずにぎやかな広小路に出てみようと思ったのだ。

――ふうむ。

河内山は太い腕を組み、うつむき加減に歩いて行く。蛸坊主《たこぼうず》め、三之助の出仕はむずかしいと踏んで、そろそろ逃げを打ってきたかなと思った。

河内山は、まだ子供のうちに父親に死なれて幼年小普請《こぶしん》に回された男である。家督をつぐと同時に子供ながら閑職に追いやられたわけである。しかし生前の父親は奥坊主組頭《くみがしら》を勤めていたので、いずれ時期が来れば河内山も小普請支配を解かれて、二十俵二人扶持《ににんぶち》の奥坊主勤めに採用されるのは当然と思われていたのだが、早熟な河内山はそうなる前に悪の水に染まってしまった。

以来博奕《ばくち》、廓遊《くるわあそ》びと縁が切れないのは仕方ないとして、その資金を稼ぐためにした大胆なゆすり、たかりは河内山の悪名を世に高めて、いまでは誰知らぬ者もない悪の元締めといった形になっている。城勤めに復帰するいわゆる御番入《ごばんい》りなどは、もってのほかのことになった。

そのこと自体は、まあ、しゃあないと河内山は思っていた。ずいぶんあぶない橋もわたったが、おもしろい目も見たし、おれの一生はこれで決まったと思い、後悔する気持はさらさらなかった。

だが、倅《せがれ》の三之助のこととなれば話はちがうと河内山は思っていた。三之助は親に似ない気持のやさしい男である。こいつだけは親父《おやじ》の悪事と切りはなして、なんとか御城勤めに押しこんで世間並みの暮らしをさせてやりたい、かわいい嫁もいることだし、と河内山は切にそう思う。

しかしそれがそう簡単にはこぶはずがないことは、河内山もわかっていた。なにしろ親父の悪名がひろまりすぎた、と河内山は思っている。夜中にふと目ざめてそんなことを考えはじめると、頭の中に慚愧《ざんき》、不安、やみくもな子供かわいさの情などが溢《あふ》れてきて眠れなくなり、河内山はおれも齢取《としと》ったなあとひそかに歎《なげ》くのである。

御同朋頭の磯村や、その時どきの御小普請支配、その下で実務を扱う支配組頭、支配世話役のところに、年に二度は律儀に顔を出し、付け届けを怠らないのも三之助のことがあるからである。悪名高い河内山が屋敷に出入りするのを誰も喜ばない。ことに小普請組の方では河内山の顔を見ると露骨にいやな顔をするけれども、しかし持参した袖《そで》の下を、これは何の真似《まね》だとつっ返した者はいない。また、来ても何の足しにもならんから来るなと言った者もいないことが頼りだったが、今日の磯村の態度をみると、それもあまりあてにはならないようだと河内山は思った。

もらうものは遠慮なくもらうが、頼みごとがかなうかどうかは保証の限りではないという顔つきをしやがった。おいおい、磯村さんよ、宗阿弥さんよ、この河内山をコケにしたらおまはん、どういうことに……。

どんと胸にぶつかった者がいる。はっとして河内山は懐に手をやったが、財布は無事だった。ふりむくとぶつかった男もふりむいて河内山を見た。人相のわるい中年男でごめんなさいも言わなかったが、掏摸《すり》ではなかったらしい。

河内山はあたりを見回した。いつの間にか広小路の中ほどまできていて、まわりには人が混《こ》んでいた。時刻は七ツ（午後四時）をよほど回ったころだろうか。日は本郷の台地の上に半ば沈みつつあるが町はまだ明るかった。一日じゅう日が照りわたったせいで、町には終ったはずの夏の暑熱がもどってきたような生ぬるい空気がよどんでいる。

だがそれは見かけだけのことで、日が暮れれば多少の暑さなどはすぐに掻《か》き消えて、季節相応の涼しさが襟もとにさしこんでくるだろう。そしてこの季節は、いったん日が落ちると町はたちまち暗がりに覆われてしまうのだ。

――花垣で一杯やるのも、わるくないな。

と河内山は思った。日が暮れた町にともる軒行燈《のきあんどん》の灯がちらりと頭を横切ったようだった。丑松《うしまつ》の話によると、美人のおかみが自殺した花垣は、一時は寄りつく客もいないほどにさびれてしまったが、しっかり者の番頭が辛抱づよくなじみ客を回って店に呼びもどしたので、近ごろはようやくむかしのにぎわいが返ってきたという。

――一杯やりながら考えることにするかね。

どこに行くといったあてもなく出てきた町だが、思案がついて河内山は足を池《いけ》の端《はた》にむけた。

考えるというのはむろん、倅の三之助の御番入りのことである。磯村が逃げを打って、どたん場になって三之助の出仕に手を貸さなかったからといって、取るものだけは取りやがってと磯村をしめ上げることはできない。もしやいつの日か出仕が実現すれば、磯村は三之助のいちばんの上役になるのだから、という理由だけではない。

あんなつらをしているが、磯村は器量人だと河内山は思う。磯村はじかにはそうは言わないが、いまもおれの悪行の数々と三之助の城中出仕の目のあるなしを秤《はかり》にかけて、じっと推し測っているのだ。ついでに三之助を城に入れて、磯村自身がひとに非難されずにすむのかどうかも、である。

――もうひとつ奥の手を考える時期かな。

広小路の人を押しわけて池の端に出る路地に入りこみながら、河内山はそう思っている。いよいよ中野《なかの》碩翁《せきおう》にすがる時がきたのかも知れぬ。

中野碩翁は、名前を言えば知らぬひとはいない当代の陰の実力者である。そしてひとは碩翁が出世したのは、将軍家の愛妾《あいしょう》お美代の方の義父だからと簡単に言うが、むろんそれだけで老中も一目おくほどの権勢が身につくわけではない。

稟米《りんまい》三百俵の御小納戸《おこなんど》勤めから身を起こして御小納戸頭取となり、将軍家斉《いえなり》の側近中の側近と呼ばれ、最後に二千石の新御番頭《しんごばんがしら》を勤めるに至る過程には、碩翁の器量が十分に発揮されている。しかし碩翁はその居心地のいい権勢家の地位を、中野播磨守《はりまのかみ》清茂《きよしげ》という名前とともにあっさり投げ出してしまった。いまからざっと七、八年前のことで、碩翁はそのとき五十になるやならずのころだったろう。

いまは隠退して碩翁と称し、頭まで丸めている。しかしそれで枯れてしまったというのではなく、居宅にしている向島《むこうじま》の別邸には美女もいるし、菓子折の底に賄賂《わいろ》を忍ばせた大名家の重役なども通ってくる。そして碩翁自身も時おりひょいと登城して家斉に会い、対で世間話をして帰るとも言われていた。その世間話の中身は何かと、脛《すね》に傷もつ連中に恐れられている磧翁に、河内山は気に入られていた。

磧翁は、世の裏の動きをつかむ必要があってそうしているのか、あるいは単に悪《わる》を近づけるのが好みなのか、身辺にかなりいかがわしい連中を平気で出入りさせていた。河内山などは、その中ではごくまっとうな悪という格でしかないが、呼び出されて向島に行くと、磧翁は世間話のあとで新しいゆすりの話はないかと催促する。

そこで要所要所はぼくものの、生々しい脅しの実話を耳に入れると、磧翁は喜んで「河内山、おまえさんはお上の御法を茶にしてかかっておるの。豪儀なものだ」と言う。

いざとなればあの人に頼みこむしかあるまい。しかしそのためには手みやげに五十両、お礼に百金は必要だろう。さてその金をどう工面するかだ。思案に暮れて、河内山は立ちどまるとまた腕を組んだ。

目の前に御三家水戸さまの影富《かげとみ》という、ゆすりにはもってこいの金儲《かねもう》けのタネがある。河内山は三千歳を使ってさぐりを入れ、水戸藩では下屋敷での興行こそうわさを恐れて中止したものの、実際には小石川の上屋敷でひきつづき極秘裡《ごくひり》にやっているらしいという確かな感触を得た。

しかしその動かぬ証拠を押さえるのがいかにもむずかしかった。比企東左衛門が三千歳にくれた籤《くじ》は、こっちから言えば動かぬ証拠だが、三千歳の名前を出せない以上は証拠としては使えない。かりにそれを持ち出したとしても、先方にはいくらでも逃げ道があるだろう。十分な証拠もなくへたな脅しをかければ相手は武家、つかまって町奉行所に引きわたされるだろう。そうなれば過去の悪行がぞろぞろ出てきて、まず死罪はまぬがれまい。そう思うと、さすがの河内山も二の足を踏む。

とは言うものの、中野碩翁にたのむということになれば、そういつまでも迷ってはいられないという気がして来る。五十両、百両どころか、ここひと月ほどは五両、十両の金もなかなかままならない暮らしである。なんとか小石川屋敷にくらいついて、脅しのとっかかりをつかみたいものだ。

「もし、河内山の殿さま」

と呼ぶ声がした。はっと気がつくとそこは花垣の入口で、ひらいた格子戸の内に花垣の番頭が立っている。

「おう、番頭さんか、ちょっと考えごとをしていたよ」

「どうぞこちらに。お入りくださいまし」

「ところでその考えごとというのがな」

軒行燈《のきあんどん》が照らす格子戸に近づきながら、河内山は言った。まわりはいつの間にかうす暗くなっている。

「なんと、ここまで来て財布を忘れたのに気づいたのだ。はて、花垣はツケで飲ませる店だったかどうかと思案していたところさ」

「どうぞ、どうぞ」

いつもならまたかと顔をしかめるはずの番頭が、どういうわけか、あごのしゃくれた顔に余裕のある笑いをうかべている。

「どうぞお上がりください」

「いいのかえ」

「はい、じつは殿さま、ついさっき玄関先から殿さまをお見かけしたお客さまがおられましてな。ぜひ一献さし上げたいから声をかけてみてくれと申しますもので」

「何者だい、そいつは」

警戒心もあらわに河内山は言ったが、番頭は気づかないらしかった。あまり見かけたことのないお方で、くわしくは存じませんと言った。

「下《くだ》り塩を扱うご商売で森口屋《もりぐちや》さんとおっしゃる方ですが、河内山の殿さまをよくご存じだとおっしゃっておいでです」

森田屋《もりたや》だ、と河内山は思った。何が下り塩だい、笑わせちゃいけねえよとにが笑いした。

二

通された離れにいるのは、やはり森田屋清蔵《せいぞう》だった。森田屋は河内山を見ると愛想のいい笑顔になって、こちらへと上座《かみざ》を手で示した。

そこには、まだ料理はそろっていないが新しい膳《ぜん》が来ている。河内山は遠慮なく上座に坐《すわ》った。森田屋は河内山の膳の物や熱燗《あつかん》の酒がはこばれてくるまで他愛のない世間話を仕かけ、馳走《ちそう》がそろうと人払いをした。

まず一杯、と銚子《ちょうし》を持ち上げる森田屋の酌を受けながら、河内山は声をひそめた。

「丑松からあらましの事情は聞いてるよ」

「さようですか」

「おまえさんの度胸がいいのは知ってるが、花垣で飲んでるなんざ、少し度胸がよすぎないかえ」

「なに、つかまるときはどこにいてもつかまるものでして」

逃げ隠れしても仕方ありません、と森田屋は無表情に言った。森田屋は長い間船に乗っていた人のように日焼けしている上に、髪に齢に似合わぬ白いものがふえている。河内山は注意深く森田屋を見た。森田屋のせりふからかすかに投げやりな気分を嗅《か》いだような気がしている。

「罠《わな》にはめた殿さまとやらは、どう始末がついたのだえ？」

「家老が一人腹を切って、それでおしまいですよ」

森田屋はにが笑いした。手をのばして河内山に酒をつぎ、自分も手酌で飲んだ。

「それっきりかい」

「ま、そのあと殿さんが隠居して若い人が跡を継いだり、急に貧しい土地に国替えを命じられたりといろいろあったようですがね」

「すると、おまえさんのもくろみどおり、抜荷《ぬけに》の疑いがかかってお咎《とが》めを受けたということなのだ」

「ええ、しかし……」

森田屋は盃《さかずき》をおいて、まっすぐ河内山を見た。顔にうす笑いをうかべていた。

「あたしは、うまくいけば藩がつぶれるかも知れないと、たのしみにしてたんですがね。家老が罪をかぶっておしまいです。藩なんてものは、なかなかつぶれはしないもんですなあ」

「そりゃそうさ」

と河内山は言った。

「むかしのように将軍家のご威光でひとひねり、とはいかねえご時勢さ。つぶすにも、つぶしたあとにも面倒な手つづきがいる。小さく始末をつけられればそれに越したことはねえというところだろうよ」

「つぶれるかも知れないと思ったのはです」

と森田屋は言った。先に飲んで酔っているのか、少し声がにごって聞こえた。

「あの藩には、お上から上野山内の建物の修繕手伝いの命令が出ていたのですよ。一万両の費用がかかると言ってましたな。当然喉《のど》から手が出るほど金が欲しい。あたしはそこにつけこんで罠にはめたんです」

「あんたは頭が切れる。悪事の手配りについちゃ、あんたの右に出る者はいなかろうよ」

なんのと言って森田屋は手を振った。

「あたしは藩から虎の子の三千両を巻きあげた上で、抜荷の工作をしました。これでとても上野の修繕手伝いどころじゃなかろうと踏んだのです。で、お上の命令にしたがえなければ、改易だってあり得るだろうと」

「しかしつぶれなかったんだな。はて、うまく逃げ出すどんなうまい手があったのかな」

「死んだ家老が書き置きを残しましてね。抜荷の罠にはまったのは藩の私利私欲のためならず、上野の修繕お手伝いの費用欲しさからだったと、あけすけに書いてあったそうですよ」

「ふん、忠臣だの」

「そこにもってきて国替えの処分です。とてもあそこに手伝いは無理だと、お上がご命令をひっこめたという事情ですな」

森田屋は低い声で笑った。その意味がわかって、河内山もくすくす笑った。

「改易どころか、一万両の出費が助かって生き返ったというわけか。倒れかかっているのに手を貸して、しゃんと立たせてやったようなものだの」

「おっしゃるとおりです」

森田屋は笑いをひっこめて顔をしかめた。その顔を、河内山はまた注意深く眺めながら言った。

「しかし、だからといって本庄藩《ほんじょうはん》かい、そこの連中がおまえさんに進物をさげて礼に来たというわけじゃあるまい」

「とんでもございません。見つかったら百年目です。それに……」

森田屋はやっと、この男らしいふてぶてしい笑顔になった。

「今度の一件で献残屋《けんざんや》森田屋の正体がすっかりバレましてね。太いやつだというので、お上もあちこちに網を張ってあたしがひっかかるのを待ちかまえているようでございますよ」

「あぶねえ、あぶねえ」

と河内山は言った。

「よくも平気で町を歩けるものだ」

「びくびくしなければ、めったに見つかるものじゃありません」

「室町《むろまち》の店はどうなってる」

「あの店はいまお上に差しおさえられています」

「なるほど。で、店の者は散り散りかい」

「ええ」

森田屋はうなずいてめずらしくはっきりと暗い顔をした。しばらく無言でいたが、にぎっていた盃《さかずき》の酒をひと息に口にほうりこむと言った。

「あたしが甘かった」

「どうしたい」

「いえ、店の者はあたしの裏の稼業についちゃ、何ひとつ知らされてはいません。だから……」

自分の正体が知れて室町の店にお上の調べが入っても、すぐに店の者は無関係とわかって、自分がつかまるまでは、奉行所が店に手をつけることはないのではないかと思った、と森田屋は言った。

「あたしには係累《けいるい》はいませんし、奉公人は赤の他人ですから、そんなところで済むんじゃなかろうかと思ったのですよ」

「なるほど、そいつは甘いの」

と河内山は言った。

「なかなかお上はそんなもんじゃねえよ。いったんくらいついたら、とことん締め上げなきゃ気がすまねえものさ」

「新六という番頭がいましてね」

森田屋清蔵は、河内山にはかまわずに言った。

「若いが落ちついた男で、商いの頭も切れました。あたしはこの番頭に商売をまかせっきりにしていましたから、あたしが急にいなくなっても、番頭が商売を小さくまとめてみんなに喰《く》わせていくぐらいは、難なくできるだろうと思っていました。もちろん、お上があっさり手をひくようだったら、店はいずれ新六にくれてやるつもりでした」

「ふむ、しかしあてがはずれたろう」

「ええ、お上は新六をつかまえて責め問いにかけました」

森田屋は顔を上げると、太いため息をつき、あたしの裏の顔など何ひとつ知らない男をですよと言った。

「その責め問いで身体をこわして、新六は牢《ろう》の中で死にました」

「なんとまあ、むごい話じゃねえか」

と河内山は言った。

「その話が耳に入ったので、あたしは江戸にもどってきたのですよ。番頭にはあきというかわいい女房がおりましたが、いまは行方が知れません。あたしはあきをさがし出して詫《わ》びを言い、多少の暮らしの金をわたすまでは死んでも死にきれない気持でいるのです」

「なるほど、気持はよくわかる」

しかしと河内山は言った。

「おまえさん、自分じゃ気づかないかも知れねえが、気持がずいぶん小さく固まってるぜ。よくないねえ」

「…………」

「たまには吉原《よしわら》に行くかい」

「そんな……」

森田屋はにが笑いした。

「女子《おなご》を抱きたい気分なんぞ、とっくに失《う》せましたよ」

「それがいけねえと言うんだ。男はそっちの欲がなくなるとたちまち老けるというぜ」

そのうち一緒に廓《くるわ》に行って、三千歳を呼び出してばあっとひと騒ぎしてこようじゃねえか、と河内山は言ったが、相手が乗ってこないとみると口調を変えた。

「それとも、ひまつぶしにおれの悪事の片棒でもかついでみるかね」

「…………」

「いまさら悪事はこりごりという柄でもあるめえ」

河内山はにごった目で自分を見返している森田屋を脅かすように言った。

「おまえさんのように千両、二千両といった仕事じゃねえが、むずかしさじゃひけをとらねえ脅しを考えているところだ」

「脅しはあたしの性に合いません」

「はっは、よく言うぜ」

と河内山は笑った。

「いや、いま言い出してから気づいたのだが、この仕事にはおまえさんでなければできねえ役どころがある。ぜひ手伝ってもらいたいものだ」

「脅しの中身は？」

顔を伏せたまま、森田屋は物憂《ものう》げに聞いた。

「お大名で影富をやってるのがいるのだ。影富は言うまでもなくご禁制、こいつは金になるよ」

「お大名？」

森田屋は顔を上げた。

「どこの？」

「聞いておどろきなさんな」

河内山はにやりと笑った。手酌でついだ酒を勢いよく飲み干した。

「御三家の水戸さまだ。小石川のお屋敷でやってるらしいと見当がついたのだ。こいつは大物だよ。証拠をそろえて脅しにかけた、首尾よく金は手に入ったがお屋敷の外に出してもらえねえ、てなことになるかも知れねえな」

河内山は太った身体を顫《ふる》わせて笑った。森田屋はそういう河内山をじっと見つめていたが、思い出したように笑い声を合わせた。そしていくらか張りのもどった声で、そいつはおもしろそうなお話でございますなと言った。

「気に入りました。あたしの出番がありますなら、端役《はやく》でけっこう、ぜひひと役振ってもらいたいものです」

「そうこなくっちゃ」

と河内山は言った。

「それにしても酒の席がこう陰気じゃいけねえや。くわしい話はまたあとのことにして、ここらで女を呼んで少し景気をつけたいものだ」

「おっしゃるとおりです。いや、気づかないことをしましたな」

森田屋はにが笑いして、人を呼ぶために手を叩《たた》いたが、その横顔には、胸にたまっていたものを吐き出したせいか、それとも河内山のゆすり話を聞いて悪党の血がざわめき出したのか、徐々に生気が甦《よみがえ》るのが窺《うかが》われた。

三

奥にきていた三次郎《さんじろう》を呼び出すと、河内山は茶の間に連れこんだ。それを見ると新造のしづは二人にお茶を出し、自分は黙って部屋を出て行った。

熱いうちに茶を飲みな、と河内山は世話を焼いた。三次郎はごろつきにはめずらしく酒を飲まない男である。

「おまえさんに、少し相談がある」

河内山が言うと、三次郎は茶碗《ちゃわん》を置いて細い目をいっそう細めながら河内山を見た。

「その前に聞きてえんだが、おまえさんが水戸浪人だというのは、こいつは確かなことだろうな」

「なにか、疑わしいことでもありますかい」

「いや疑うわけじゃねえが、わざわざ確かめたこともねえから聞いてるのさ」

「間違《まちげ》えなく水戸の家来でしたよ。ま、軽いもんだけど家来は家来」

「浪人したとなりゃ大事の家を潰《つぶ》したわけだろうが、何かい、自分でおん出たのかね、それとも罪があって追放されたのか、どっちだね」

「そういうことはあんまりしゃべりたくねえんですがね」

「あ、そうかい。それならそれでいいや、じゃべつのことを聞こう」

と河内山は言った。

「浪人したときは江戸にいたのかい。それとも国の方か」

「江戸ですよ」

と三次郎は言った。

「家はむろん国だが、勤めはずっと江戸。若《わけ》えときからお屋敷勤めだったから、悪い遊びに染まるのも早かったね」

「おまえさんならそうだろうさ」

「あ、ひとつ言っておきますとね。家は潰《つぶ》れなかったんです。親戚《しんせき》にちっとえらいのがいて、妹に婿をとって家が残るようにしてくれた。家禄《かろく》はもともと少ねえのがまたぐっと減りましたがね、ぜいたくは言っていられませんや。そのかわり、おまえは国にいっさい足を踏み入れることならんと、そういうことになってるんです」

三次郎は声を立てずに笑った。そして、むろんその方が気楽でさと言った。

「浪人して何年になるね」

「何ですかい、まるで人別調《にんべつしら》べだなあ」

と三次郎はぼやいたが、早いものでかれこれ七、八年になると言った。

「七、八年か」

河内山は腕を組んだ。年月のことを考えたわけではなく、国元に生家がのこっている三次郎に、いま頭にあることを頼んでいいものかどうかを思案したのである。そういう河内山を、三次郎は茶をすすりながら上目遣いに見ていた。

「七、八年たったとしても……」

と河内山は言った。

「むかし懇意にした者はまだいるんじゃないのか、お屋敷に……」

「どこのお屋敷ですかい」

「小石川の上屋敷さ」

「そりゃいますよ」

と三次郎は言った。

「水戸は定府《じょうふ》だから人手が要るんだ。わんさと人間がいるってことですよ。あっしはこれでもお屋敷にいたころはかなりの顔でね。博奕《ばくち》でもうかったときは門番に小遣いをやったり、上役に反物を贈ってゴマをすったりしたから受けはわるくなかったんだ」

近ごろはどういうものかちっとももうからねえ、腕がなまったのかなと三次郎は愚痴を言った。

「そういうつき合いをした連中が、まだ沢山残ってますよ。連中には貸しがあるけれども、あっしは貸しを取り立てたことはないね。そういうケチなことはしないんだ。おん出されたときもさっさと出て、連中に助けてくれろなんてことは言わなかった」

「でも、いまはつき合いが絶えてるんだろう」

「そりゃそうですよ」

と三次郎は言った。

「追放をくらった人間がお屋敷に出入りしちゃいけませんや。といっても、中に入ろうとすればわけはないんだ。道はあるってことですよ。そして中に入っちまえば、あそこはひろいからね、髪と着る物をきちんとして、口のきき方に気をつけさえすれば、追放人が遊びにきているなんて誰も気づきませんや」

「三次郎」

と河内山は言った。

「もうちっとこっちへ来い。膝《ひざ》をつめろというんだ」

「何ですかい、うす気味わるいな」

「これからする話は、人に聞かれちゃまずいのだ」

「へえ？」

「はじめにことわっておくが、おれはこれからおまえさんに頼みごとをするけれども、無理にというわけじゃない。気がすすまなかったらことわってくれていいよ。わかったな」

「わかりました」

「とは言っても、おれとしてはむろん、できれば頼みを聞いてもらいたい。また聞いてくれれば、おまえさんの博奕《ばくち》の元手になるぐらいの駄賃は出すつもりだ。これもわかるな」

「わかりましたが、言い方がいつもよりくどいんじゃねえのかな。その頼みというのを早く言ってくださいよ」

「じゃ言おう。おまえの顔で、森田屋が人に怪しまれずにこっそりと小石川の屋敷に入れるような手を打ってもらいてえ。おっと、森田屋のことはあまりよく知らねえだろうから、引きうけてくれるならあとで引き合わせる」

「へえ？　不思議な頼みもあるもんだ」

三次郎はからかうような口調で言った。

「森田屋というのは泥棒か何かですかね。しかしいくら旦那《だんな》の頼みでも、あっしは泥棒の手引きはしませんぜ」

河内山はにやりと笑った。

「よく見抜いた。森田屋は大泥棒さ。ただし水戸屋敷に入るのは物を盗みに行くわけじゃない。籤《くじ》を買いに行くのだ」

「籤？」

「おまえさん富籤《とみくじ》を買ったことはあるかね」

「いいや」

三次郎は首を振った。

「あっしは博奕《ばくち》ひとすじでね。富籤なんてものは知りませんや」

「じゃ、影富も知らねえな？」

「何ですかい、それは」

河内山は、手短かに影富の話をして聞かせ、水戸の上屋敷でひそかに影富を興行している疑いがあるのだと言った。

「むろん影富は御法度《ごはっと》だから、水戸じゃ用心して庶民は中に入れねえ。そのかわりに口の固い出入りの商人を呼んで高え籤を買わせているという話だが、商人ふうといえば森田屋を措《お》いて人はいねえ」

「…………」

「そこで森田屋が出入り商人の名前を騙《かた》って、籤を買ってこようかということになった。それがうまくいけば、その富札《とみふだ》を持って、今度はおれが後刻水戸屋敷に乗りこんで脅しにかけようという算段だよ」

三次郎は口をつぐんだまま、鋭い目で河内山を見ている。かまわずに河内山はつづけた。

「その手引きをおまえさんに頼みたい。といっても一緒に行ってもらうにはおよばねえよ。道をつけといてもらえば、それで十分だ」

「………」

「見かけねえやつだってえんで門前払いを喰《く》わされたんじゃ、仕事にならねえからの。おっと、大事なことを忘れていた。その前に小石川屋敷で影富興行があるのはいつか、そいつを突きとめてもらわなくちゃならねえ」

そのとき乱暴に戸を開けしめして、誰かが家の中に入ってきたので、河内山は口をつぐんだ。しかし足音は二人がいる方にはこないで、台所の方に曲って行ったようである。

倅《せがれ》だ、と河内山は言った。

「どうだね、引きうけてくれるか」

「森田屋のときと旦那が行くときと、面倒をみるのは二度ですね」

「おれの心配はしねえでいいさ。てめえの才覚で何とかする」

「天下の直参《じきさん》だ、門をあけろとでも言いますかね」

三次郎は皮肉っぽい笑顔になった。

「水戸は御三家、その手は通用しませんぜ。いい加減なことを言ったら門番が通しませんよ」

「そうか。じゃ、おれが中に入るときも道をつけておいてもらわねえとな」

「その方が無難だな」

「で、どうだ。やってくれる気になったか」

「さあて、どうしようか」

と三次郎は言った。

「かなりきわどい仕事だな」

「…………」

河内山は黙って三次郎の顔を見た。三次郎は障子の方に目をそらした。

「旦那方の悪事におれが一枚嚙《か》んでると知れたら、今度は追放じゃ済まねえな、間違えなく打ち首ものだ」

「だから無理には頼まねえと言ってある」

「いったいいくらゆするつもりですかい」

「ざっと二百両」

三次郎は顔の表情と手のしぐさで、おどろいたという気持をあらわしてみせた。そして言った。

「どっちみち金がいるな。やつらにわたりをつけるのに手ぶらというわけにはいかない」

「いくら要る？」

「五両かな。多いに越したことはねえけど」

「金は用意しよう」

と河内山は言った。資金をつくるためにどこかに脅しでもかけたいほどだったが、そうも行くまいから軸物でも売るかと河内山は思った。もっともその軸物も、さる商家から金のかわりに脅し取った代物《しろもの》である。

「それで、決心はついたかね」

河内山は催促したが、三次郎はまだだと言った。

「おん出たとはいえ、もとの主家を裏切るわけだから……」

三次郎はもったいをつけた。

「ひと晩、考えさせてくださいよ」

三次郎を奥に帰したあと、河内山は自分も立って廊下に出た。日は一日中くもりで、そのまま夜になるらしく庭にはもうたそがれのいろが淀《よど》んでいるが、寒くはなかった。庭隅に木の実を喰べにきていたらしい小鳥が、河内山の姿におどろいたらしく、鋭く鳴いて逃げて行った。

小石川は何とかなりそうだが、森田屋の方の首尾はどうかなと河内山は思った。森田屋は、水戸屋敷に入りこんで籤《くじ》を買ってくることは引きうけたが、取りかかるのは例の死んだ番頭の女房が見つかってからにしてくれと言った。かったるい話だと思ったが、あたしにもいろいろとつごうがありますからと言われると、河内山も無理強いはできなかった。森田屋はおそらく、水戸屋敷で芝居を打ったあとは再びすばやく姿を消すつもりだと思われた。

しかし、そういつまで待つというわけにはいかねえよ、と河内山は思う。河内山の胸にはかすかに焦《あせ》りがある。機会を逸することを心配しているのではなかった。富籤は大流行で、江戸の町で富突《とみつき》の行なわれない日はない、などと言われる。影富はその正式の富籤に合わせてやるだけの興行である。世間に洩《も》れない限り、水戸屋敷では二度でも三度でも影富をやるだろう。

――しかし、その女房は……。

ほんとに見つかるのかね、と河内山は思っているのだ。しかるべき筋をたどってさがしています、そのうちに見つかるでしょうと森田屋は言っていたが、江戸はひろい。河内山は半信半疑だった。ひょっとして殺されでもしてた日には、見つかるもんじゃない。そのときは森田屋を頼むのはあきらめなきゃ、と思ったとき、家の奥の方でほそぼそと女の泣く声がした。

河内山はすばやく振りむいた。だが声はすぐにやんで、家の中の暗さが目に入ってきたばかりだった。

するとその暗がりに明かりがゆらめいて、手燭《てしょく》を持ったしづが部屋にもどってきた。行燈《あんどん》に灯を移しているしづのそばに行くと、河内山は立ったまま言った。

「三之助かい」

「ええ、お酒を飲んできてみよにあたってるんですよ」

みよは三之助の嫁で、まだ娘っ気の抜けないような初々《ういうい》しさが残る女である。河内山はむくりと腹が立った。

「よし、呼んでこい。おれが説教してやる」

「およしなさいな」

しづはぴしゃりと言った。

「お説教なんか聞くものですか。それよりはやく勤めに出さないとだめですよ」

河内山は荒々しい鼻息を洩らして坐《すわ》った。しづの言うとおりで、近ごろ三之助の素行が荒れているのは、いまの中ぶらりんの身分に苛立《いらだ》っているのだとわかっている。三之助はもともとまじめな男で、ひまだから博奕《ばくち》に手を出そうかというほどの度胸もなく、だからこそ酒を飲んで女房にあたったりしているのだ。

河内山の胸の中で、また焦りが動いた。

四

帳場は、五十両の金をつつんだ袱紗《ふくさ》包みを森田屋の前におくと、改まった口調で言った。

「くどいようですが、お一人で大丈夫ですかね」

「大丈夫だよ、心配いらねえ」

「しかし相手はただの女衒《ぜげん》じゃねえ、本業は博奕打ちですぜ」

帳場の声には、ひとかたならない気がかりのひびきが籠《こも》っていた。

「おめえの心配はありがてえが、おれは森田屋清蔵だ」

と森田屋は言った。

「博奕打ちなんぞ、こわくはねえよ」

「しかし今度は、いざとなったときは足手まといがいるわけです、それに……」

帳場は少し遠慮気味に言った。

「いつまでも若くはありませんからね」

森田屋は笑った。そして徳兵衛がそう言えと言ったかね、と言った。徳兵衛は森田屋が抜荷《ぬけに》に使っている持ち船の信頼あつい船頭である。

「おまえらの心配はもっともだが、むこうは一人でこいと言ったんだろ」

「ま、そうですが、しかし相手は信用のおけるような人間じゃありませんからね。くれぐれもお気をつけなすって」

まだ心配そうな帳場を帰すと、森田屋は手早く身支度をして住居にしている黒船町《くろふねちょう》のしもた屋を出た。家を出るときに、懐深く匕首《あいくち》を一本押しこんだ。

暗い夜で、提灯《ちょうちん》の明かりが照らす路地の先は物の形も見えない暗闇《くらやみ》だったが、表の千住《せんじゅ》通りに出て隣の諏訪町《すわちょう》にむかうと、まだあちこちに灯が見えた。小料理屋もあり、喰《く》い物屋もあってそれぞれの軒行燈《のきあんどん》が物さびしげにまたたいている。時刻はそんなに遅いわけではなく、船宿に行くと、そこにも灯のいろが入り乱れていそがしげに舟が出入りしていた。

森田屋はそこで舟を一艘《そう》たのみ、大川を横切って深川《ふかがわ》にむかうと、油堀《あぶらぼり》に乗り入れて黒江橋の東袂《ひがしたもと》で舟をとめた。

「半刻《はんとき》（一時間）ほど、ここで待てるかね」

と森田屋が言うと、ひげづらの船頭は駄賃次第でさと答えた。少なくはない駄賃の半金を前渡しし、船頭の名前を聞いてから森田屋は陸《おか》に上がった。

黒江町の北側の河岸《かし》を歩いて行くと、森田屋の横の水路をひっきりなしに舟が行き来する。河岸の先の入り堀の入口にある猪《い》ノ口橋《くちばし》のあたりには、灯をともした舟がぶつかり合うほどに集まっていた。大方は遊所に客をはこんできた舟、客をおろして帰りをいそぐ舟だった。

森田屋はその混雑を横目に見て、さらに河岸の道を南に曲った。そのあたりはもう西横町《にしよこまち》と呼ばれる門前仲町《もんぜんなかちょう》だが、にぎわいは入り堀の向う岸にひろがる櫓下《やぐらした》、裾継《すそつぎ》の遊所にさらわれて、こちらの町はひっそりとしている。

森田屋はさらに道を右に折れて、暗い横丁に足を踏みこんだ。そしてすすけた軒行燈《のきあんどん》に「をぐるま屋」と書いてある一軒の小料理屋、岡場所の妓楼《ぎろう》に似た店構えの建物に入ると、帳場が告げた男の名前を言った。店の者、声のつぶれた中年女だったが、その女は森田屋に一人かとたしかめ、約束どおり一人だと言うとすぐに上にあげて奥の部屋に案内した。

帳場の話によると、その店は小料理屋で、たのめば酒も料理も出すということだったが、家の中はしんとしてほかに客がいるようでもなかった。おかみと思われるその女は、森田屋を奥に案内したが酒がいるかとは聞かなかった。用件が何かを聞いているのだろう。

森田屋から、牢死《ろうし》した番頭の女房をさがすように命令された帳場は、むかしの室町の奉公人の筋から、あきが新六の死後、両国で料理屋勤めをしているうちに悪い男の手に落ち、男の手で深川の方に移されたことを聞きこんだ。だがそこから先の探索の道が長かった。森田屋が費用を惜しむなと言ったので、帳場は人を使ってしらみ潰《つぶ》しに深川の岡場所を調べ回ったのだが、ようやく一軒の妓楼であきを見つけたときは、調べはじめてから半年近くたっていた。

しかもあきには、まだ女の生き血を吸おうとしてはなれない毒虫がついていた。女衒《ぜげん》の唐兵衛《とうべえ》という男で、唐兵衛はいくつかの賭場《とば》を仕切って、裏の世界では人に知られる博奕打《ばくち》ちなのに、いまだに女衒というむかしの稼業の手ざわりが忘れられず、時々その仕事に手をもどしてはきれいな女の売り買いに異様な執念を示している男だった。あきを岡場所勤めに引きこんだのはこの男である。

しかし、帳場はともかくその男をさがしあて、五十両であきを引き取るということで話をつけ、手を打った。五十両は唐兵衛の言い値である。にもかかわらず、帳場はまだ深い懸念を残しているようだった。

だが森田屋は、そこまで話がつけばあとは何とかなると思っていた。その楽観的な見方をささえているのは、岡場所のことなら手のひらを読むように知りつくしているという自信である。いろいろと入り組んでいるようでも、岡場所は金でケリがつく世界だと森田屋は思う。

それに、ひょっとしたらあきは永劫《えいごう》見つからないのではないかという気もしていたのだ。それが見つかったからには、あとはこっちの才覚ひとつ。何としてでも連れ帰る。唐兵衛だか六兵衛だか知らねえが、この森田屋をどう出来るものか。

森田屋はそう思っていたのだが、待っている部屋に、あきを連れた唐兵衛が無造作に姿を現わしたときは、思わず帳場がこっそりと護衛をつけると言うのをことわったことを後悔した。相手はさすがの森田屋もあまりお目にかかったことのないほどの凶悪な顔を持つ大男だった。

船頭の徳兵衛も大男だが、唐兵衛はそれを上回る巨漢だった。腕の太さは森田屋の倍はありそうで、髪は半白、抜け目なさそうな目で森田屋をひと通り眺めてから坐《すわ》った。そしてあきにも、そこに坐れと言った。

あきはむかしにくらべるとかなりやつれていて、そのことが森田屋の胸を苦しくした。だがやつれてはいるものの、あきは前よりもきれいになっていた。素朴さが失われたかわりに、凄艶《せいえん》な女ぶりに変っている。あきは部屋に入ってきたときから一度も顔を上げず、口も閉じたままだった。唐兵衛が声をかけると、深くうつむいたまま部屋の入口のそばに坐った。

森田屋があきを見つめていると、唐兵衛が金を持ってきたかと言った。

「え？　はい、はい。もちろんですとも」

「五十両耳をそろえてかね」

「このとおり、ご注文どおり切餅《きりもち》ひとつと小判で五十両」

森田屋が懐から出した袱紗《ふくさ》包みをひろげてみせると、唐兵衛は手をのばしてきた。その手を森田屋は強くはたき落とした。

「その前に借用証文とやらをいただきましょうか」

「ふん」

「どうせ、作りものでしょうが取引が済んだ証拠にはなります」

唐兵衛が出したあきの爪印《つめいん》がある借用証文を、じっくりとたしかめてから畳んだ。

金額は十両だった。

「証文はこれっきりでしょうな」

「これっきりさ。貸しは十両」

森田屋が手で押してやった金をかぞえながら、唐兵衛が言った。

「あと四十両は積もりつもった利息だよ」

「じゃ、これで」

森田屋は膝《ひざ》を起こした。長居は無用だった。こんな獣くさいような男と、長く一緒にいることはない。

「おあきをもらって行きますよ」

手首をつかんであきを立たせた。それまで身動きひとつしなかったあきは、手をつかまれると飛び立つようにして立ち上がり、森田屋の二の腕につかまった。爪あとがつきはしないかと思うほどの強い力だった。

森田屋は部屋を出た。するとうしろで唐兵衛が、おい、待ちなと言った。振りむくと、唐兵衛が鴨居《かもい》に片手をかけて二人を見ていた。いつの間に立ち上がったのか、頭は鴨居につかえ、幅のある身体《からだ》は部屋の入口をふさいで、禍々《まがまが》しいほどの巨体だった。

何ですかと森田屋は言った。

「おまえさん、いい度胸だな」

「そうですか」

「おあきから聞いた話では室町の献残屋《けんざんや》だそうだが、ただの商人じゃあるめえ。素姓は何者だい」

「いいえ、ただの商人ですよ」

森田屋は言ったが、ふと気づいて言った。

「払うものは払いました。この上送り狼《おおかみ》なんかはごかんべんねがいますよ」

店の出口で、さっきの嗄《しゃが》れ声の女に提灯《ちょうちん》の灯を入れてもらって、森田屋は外に出た。女は一緒のあきを見たが何も言わなかった。唐兵衛から話を聞いているのだろう。路地に出たところで、あきはやっと、それまでしっかりと握っていた森田屋の腕を放した。

しかし今度は森田屋があきの手を握った。道行《みちゆき》のような恰好《かっこう》になったが、森田屋の胸の中にはようやく見つけ出したあきがまたどこかに消えてしまいそうなこころもとない気分があって、そうしないではいられなかった。手をつなぎ合ったまま、二人は道をいそいだ。

やがて路地の出口が見えてきた。入り堀の向う岸の盛り場の灯が、ぼんやりと河岸の道を照らしているのだ。その明るみをあきも見たに違いない。あきは不意にせぐり上げる声を立てた。そして顫《ふる》える声で「旦那《だんな》さま」と言った。

「しっ」

と森田屋は言った。立ちどまるとあきをうしろ手にかばって振りむいた。提灯《ちょうちん》の光に数人の男の姿がうかび上がった。そしてそのうしろに唐兵衛がいた。

「悪党とは見当がついたが……」

森田屋はじりじりと詰めよってくる男たちを見ながら、唐兵衛に声をかけた。

「それにしても汚い手を使うね、あんた」

「その女に、まだ用があったのを忘れていたもんでね」

唐兵衛はけろりとして言った。

「すまないが返してもらおうか」

「じゃ、こっちの金も返してもらわなきゃならないね」

「いや、せっかくだから金はもらっとこう」

男たちは唐兵衛のせりふを聞くと、陰気に笑った。見るからに人相のわるいごろつき連中だった。笑い声を立てたのはいっときで、男たちはまた険しい表情にもどってじりじりと間を詰めてきた。手に棒のような物を持った男が三人ほど、あとは素手だった。

森田屋はうしろにさがりながら提灯をあきにわたし、羽織を脱ぎ捨てた。懐から匕首《あいくち》をつかみ取ると、鞘《さや》を捨ててあきにはなれていろと言った。

「あ、あ、よけいな真似《まね》はしない方がいいのにな」

と唐兵衛が、こっちを舐《な》め切った声で言った。

「そんなことをすると、ただの怪我《けが》じゃすまなくなるよ」

唐兵衛のその声が合図だったように、それまで素手だった男たちが、たちまち懐から匕首を出して抜き放った。その中の一人が、ほら、来いよと言って森田屋の鼻先に匕首を突き出した。踏みこんでくる足も引き足もすばやかった。男はからかうように、二度、三度と森田屋の顔の前で匕首の刃を光らせた。

だが四度目に、森田屋は男の刃先をかわすと鋭く踏みこんで男の頰《ほお》を下から上に、斜めに斬《き》り裂いた。一瞬の動きだった。斬られた男は叫び声を立て、傷を押さえた指の間からしたたり落ちるのが血だとわかると、もう一度長い叫び声をあげた。

「その気になれば喉《のど》を掻《か》っ切ることもできたんだ。わかったかな、若えの」

森田屋が言うと、男たちは罵《ののし》り声をあげて殺到してきた。森田屋は冷静に匕首を使った。道が狭いので男たちもいっぺんにはかかれず、むしろ一人だけの森田屋の方が有利だった。森田屋よりも、男たちの方が少しずつ手傷を負った。

しかしその間にも森田屋は男たちに押され、ついにあきもろとも河岸道《かしみち》に押し出されてしまうと、形勢は一変した。棒を持った男たちが前に出てきて手加減しない力で殴りかかってきた。

「かまうもんか、やれ。女は殺すな」

唐兵衛がわめいた。男たちの棒がうなりを立てて森田屋に襲いかかり、森田屋はかわし切れずに肩を打たれて地面にころんだ。立ち上がったところにまたしても棒が打ちおろされて、森田屋の利腕《ききうで》を叩《たた》き匕首《あいくち》をはねとばした。

森田屋は右手がしびれるのを感じたが、死力をつくして左手でその棒をつかみ、うばい取った。

「逃げろ。黒江橋に舟がいる」

ぼうぜんと立っているあきに叫ぶと、森田屋は棒を構えたが、打たれた方の片腕は力を失って、踏みこんで棒を打ちおろしたものの したたかに地面を叩いてしまった。そこに今度はすさまじい打撃が横腹にきて、森田屋ははずみで一間ほども飛ばされて地面にのめった。息がつまった。

——おしまいだ。

森田屋清蔵がこんなふうに命を落とすとはな、とちらと思った。だが思ったよりも後悔はなかった。日ごろ、どこで死ぬも一緒さと思っているからだろう。

息が通って森田屋はうめき声を立てた。だがつぎはめった打ちだろうと覚悟したのに、なぜか男たちは襲ってこなかった。森田屋は目をあけ、片膝《かたひざ》を起こした。すると、少しはなれたところで男たちが森田屋そっちのけで乱闘しているのが見えた。

帳場が、気をきかせてあらくれ水夫《かこ》をひきいてきたかな、と思ったが違った。男たちとわたり合っているのはたった一人で、黒い布で頰《ほお》かむりをした長身の男である。男の動きには鍛えられた骨法のようなものがあって、唐兵衛の手下を一人一人正確に殴り倒していた。たまりかねて唐兵衛が脇差《わきざし》を抜いて斬りかかって行ったが、男は身軽にかわしながら、一撃、二撃と棒のような物で唐兵衛を殴りつけ、これもたちまち地面に打ち倒してしまった。唐兵衛が女のような甲高《かんだか》い悲鳴をあげた。起き上がろうとしたが、どういうわけか唐兵衛は起き上がれずに地面を這《は》っている。

男たちがどうにか唐兵衛を助け起こして逃げ去ると、男は森田屋のそばにきて頰かむりを取った。金子市之丞《かねこいちのじょう》だった。

「よう、献残屋《けんざんや》」

と市之丞は言った。市之丞は前よりも痩《や》せて、対岸の灯明かりにうかぶ鼻が尖《とが》って見えた。市之丞は手を貸して森田屋を立たせた。

「年甲斐《としがい》もなくがんばっているじゃないか」

「ちょっとわけがありましてな」

振り向くと、それまで様子を窺《うかが》っていたらしいあきが、遠くから走ってくるのが見えた。森田屋は手短かに事情を説明した。そばにきたあきを市之丞に引きあわせた。

「これが、死んだ番頭の女房ですよ」

「それは気の毒だったな」

「あんたさんは……」

と森田屋は言った。

「お役人を殺して田舎《いなか》に逃げたと聞きましたが」

「その田舎も住みづらくなって、また江戸に舞いもどったところさ。さっきの唐兵衛の賭場《とば》の用心棒に雇われておる」

「へえ、それはまた」

「森田屋をどうこうすると言ってたから、きてみたらこの始末だ。汚い男だ。だから今夜は鼻柱と足一本を折ってやったのだ。当分は起き上がれまい」

「あたしのために、そんなことをなさって大丈夫ですか」

「なあに、もともと気に喰《く》わねえ男だったのだ。それに、お上にさえ見つからなきゃ男一人もぐりこんで生きるぐらいの場所は、どこにだってある。心配いらん」

「助かりましたよ、先生」

「はっは、もう先生という柄じゃない。おれは天下の兇状《きょうじょう》持ち、これで消えるがあとを気をつけた方がいいぞ。唐兵衛は執念深い男だ」

「このひとは今夜のうちにも河内山の旦那にあずけるつもりです」

「それがいい」

と言うと、市之丞は背をむけて馬場通りの方に歩き出した。金子さんと森田屋は呼びかけた。

「三千歳に会いましたかい」

「三千歳のことは夢だ、過ぎた夢」

市之丞は首をまわしてそう言うと、今度は足早に遠ざかり、姿はみるみる夜に紛れた。あの人に会うことはもうあるまい、と森田屋は思った。

旦那《だんな》さま、と言ってあきがしがみついてきた。森田屋はその肩を抱いてやると、あきの肩に手を回したまま黒江橋にむかって歩き出した。ようやく取り返したこの女子《おなご》を、また人に攫《さら》われてなるものかという気分もあったが、森田屋は身体中が痛く、さりげなくあきの肩を借りないことには歩けないほどだったのである。

五

森田屋があきを連れもどしてからざっとひと月ほどたったころ、河内山は小石川の水戸藩上屋敷のひと部屋に坐《すわ》っていた。何とも言えない不安につつまれていた。

三次郎は河内山が計画を打ち明けたときは臆病《おくびょう》な口をきいたのに、じつは今度の悪事にひと役割り振ってもらったのがまんざらでもなかったのか、上屋敷の中になかなか入念な手配りをしていた。森田屋が中に入って影富の籤《くじ》を買うのも、河内山がいよいよ脅しをかけるために屋敷に乗りこむのも少しも手間がかからなかった。

その証拠に、河内山はこうしてさっきから案内されたひと間にお茶まで出してもらって坐っているのだが、肝心の話の方は遅々としてすすまないのである。最初に金奉《かねぶ》行《ぎょう》だという男がきて応対した。おそらく三次郎に言われて目ざしてきた小納戸《こなんど》の溝口《みぞぐち》という、表口で会った男がその手配をしたのだろう。

金奉行は温厚な男だった。あまり口をはさまずにふむ、ふむと河内山の話を聞いた。大枚の金を払って買った籤だが、御法に触れるものだと聞いたので買い取っていただきたい、という河内山の口上を恐喝以外のものと誤解したとは思えなかったが、一存では返事をいたしかねるので上の者と相談してみる、と金奉行は穏やかに言った。けしからんと怒りもしなかったし、不届きな恐喝男め、この場を立たせぬと討手をさしむけてくる気配もなかった。

ただ立ち去りぎわに、するとその籤に当たらなかったのですな、それは残念でござったと少しとんちんかんなことを言った。

そして金奉行はそれっきり姿を見せず、かわりに今度は小姓頭《こしょうがしら》がきた。いかめしい顔つきの小姓頭は、話を聞きましょうとひとこと言っただけで、あとは終始射抜くような目つきで河内山を見守り、話が終るとではほかの者と相談して参ると言い、すっと立って部屋を出て行った。そのあとに、取次衆《とりつぎしゅう》だという謹厳そうな老人がきて、これまた言葉少なに河内山の訪問の目的をただし、聞き終ると立って行った。それっきりうんでもなくすんでもない。

よっぽど人を呼んで様子を聞こうかと思ったとき、廊下にまた人の気配が動いて襖《ふすま》がひらいた。襖の外に秋の日を浴びた庭が見えて、河内山はもう脅しはいいからこのまま帰りたいという気分になったほどだが、襖はすぐにしまり、目の前に福々しく太った中年男が坐った。

用人の玉村という者であると男は名乗った。そして柔和な笑顔になるといきなり言った。

「このお話には中野碩翁さまも一枚加わっておられるそうですな」

「あ、いや」

河内山はあわてて手を振った。うろたえていた。小普請組《こぶしんぐみ》に籍をおく奥坊主《おくぼうず》とは名乗ったものの御三家を脅迫する者は、直参《じきさん》たりともこの屋敷を出すことならぬなどといわれては困ると思って、河内山は最初に会った金奉行に碩翁の名前を洩《も》らしたのだ。ただし碩翁の屋敷に出入りさせてもらっている者だと言っただけで、河内山としてはまだまだ幕閣の内外に強い影響力を残している碩翁の名前を出すことで、自分の身に保険をかけたつもりだったのである。それだけのことが何人もの口を伝わる間に、中野碩翁がこの脅しの片棒をかついでいるような話になっているらしい。

河内山は寒けがした。こんなことが碩翁の耳に入ったら、河内山といえども命がいくつあっても足りはしない。河内山はさっきから同じことの繰りかえしですっかりくたびれた口を動かして言った。

「どなたがそう言われたか存じませんが、それはとんだ思い違いでござりますな。わたくしはただ、日ごろ中野さまのお屋敷にうかがって、なにかと世間話などを申し上げてかわいがってもらっていると申しただけで」

「なるほど、なるほど」

用人は如才なく相槌《あいづち》を打った。

「すると、中野さまはこのお話にはかかわりがない」

「あたりめえだろ、あんた」

河内山はついに地金を出した。疲れて、もう体裁などにかまっていられなくなってきた。どうにでもなれといったやけくそな気分もある。

「そういう間違ったことが、もしやうわさにでもなって外に流れたら、おいらだけじゃねえ、中野さまも大きに迷惑なさるということだよ、お偉いさんよ」

「ごもっとも、ごもっとも」

腰の小刀に手が行くかな、と一瞬身構えたがそういうことは起きなかった。玉村は満面に笑いをうかべてうなずき、そう大きな声で凄《すご》まなくとも、そこもとがどういうお人であるかは当方も承知しておる、と言った。どうやら河内山を引きとめているうちに、手早く日ごろの行状をたしかめた形跡があった。

「大きな声を出してえわけじゃねえが、手間のかかるわりには、頼んだことがさっぱり埒《らち》あかねえからよ」

「よろしゅうござる。では埒をあけ申そう」

玉村は膝《ひざ》に手をおいたまま、上体を河内山の方に傾けた。顔には依然として人をそらさない笑いがうかんでいる。

「さて、お手もとの空籤《からくじ》ですが、いくらで買い取れと言われましたかな」

「そいつはもう、何度も言ってあるんだがな」

河内山は疲れがどっと肩に落ちかかってくるのを感じた。

「なんにも聞いちゃいないのかね」

「いや、結着となれば一応たしかめぬことには。たしか五十両でしたな」

「ばか言いな、二百両と言ったはずだぜ」

二百両、と言って用人はほんの少しのけぞるようなしぐさでおどろきを示したが、それは手続き上いちおう恰好《かっこう》をつけたということだったようだ。

用人の玉村はすぐに形を改めた。気持のいい笑顔にもどって言った。

「二百両、承知いたした。それで今後一切、後くされなしと、それでよろしゅうござるかな」

脅し取った二百両を懐に、何事もなく河内山は水戸家上屋敷の外に出た。

神田川《かんだがわ》の縁に生いしげる芒《すすき》の穂に、やや赤味を帯びた日が差しかけているところだった。間もなく日が暮れるだろう。河岸《かし》の道を行く人の足がどことなくせわしなく見える。

河内山はいま出てきたばかりの水戸屋敷を振りむいた。威圧するような高い塀がつづき、塀の内の木々が日にかがやいているのが見えた。屋敷の影がのびて、河岸道の半ばを覆っている。河内山は地面に唾《つば》を吐いた。

――はっ。お偉いさんの悪《わる》には河内山もかないませんや。

胸の中で自嘲《じちよう》した。すると、何となくむなしい気分がこみ上げてきた。懐に脅し取った二百両があるのに少しもうれしくなかった。こんなことははじめてだった。おまけに胸になんとも知れない不安が居据わっている。それにしてもあの景気のいい金の出しっぷりは何だ、と河内山は疑っていた。

おれもいよいよ落ち目にかかったかね、と河内山は思った。それから水戸屋敷と夕日に背をむけて、河岸道を歩き出した。長い影が河内山の前につきまとって、道化るような動きを繰り返した。

水戸藩主徳川斉修《なりのぶ》は、白書院《しろしよいん》西の縁側で月番《つきばん》老中と会って帰りかけたが、ふと思いついて老中のそばにもどった。

「この間おもしろいことがございました」

「ははあ、いかがなことで」

「屋敷の中で金子《きんす》をゆすり取られました」

老中は驚愕《きょうがく》の目で若い斉修を見、ついで眉《まゆ》をひそめた。

「金額はいかほどでございましょうか」

「取られたのは二百両ほどですが、ゆすりをかけてきた者が、なんと徳川家のご直参《じきさん》だということです」

その日のうちに老中御用部屋に町奉行が呼ばれ、町奉行は八ッ(午後二時)過ぎに奉行所にもどると、すぐに年番方与力《ねんばんかたよりき》を呼んで河内山宗俊《そうしゅん》と周辺の探索を命じた。

「河内山の悪名を聞いたことがあるか」

「ござります」

「よし。やつとやつの仲間の悪事を残らず洗い出せ。いそげよ」

「心得ました」

言うと、老練の与力はすばやく立って部屋を出て行った。

解説

佐高信

拙著『司馬遼太郎と藤沢周平』（光文社知恵の森文庫）で私は、歴史学者の分析を引きながら、司馬は悪人を書かなかった、と指摘した。

『プレジデント』の一九九七年三月号臨時増刊「司馬遼太郎がゆく」の座談会「司馬作品の主人公の魅力を語ろう」で、明治前半の「楽天的な時代」を描いた司馬に対し、会田雄次はこう注文をつけている。

「楽天性もいいけれどもうちょっと悪人を書いてもらいたかった気がする。司馬作品の中には、本質的な悪人がまったく出てこないでしょう」

そしてさらに、

「一般的に言って、女が好きな人は悪人が好きですよ。女というのは、男にとって本質的に悪ですからね（笑）。女に出会ったら、悪というものがわかる。司馬の場合、作品の中に悪がないから、わりあいサラリと読める。実は、それが司馬作品が多くの読者を獲得した秘密であると思うのですが、シナ《（ママ）》人とかヨーロッパ人を書くのは難しいでしょうね。ことにイタリア人なんか書けないだろうな。司馬作品に出てくる人間は、私から見れば全部毒のない人間。不羈奔放だけど、毒がないですね」

と続け、こうダメを押す。

「信長だって、毒のない人間になってしまう。斎藤道三でさえ毒がない人間になってしまったので驚いたな（笑）。面白いが、しかし痛快小説になってしまうんじゃないかな、悪く言えば」

これは司馬遼太郎についての根源的な批判だろう。人間観が深くないと会田は言っているのである。

この座談会で、奈良本辰也は、

「司馬さんが悪人を書かなかったというのは、司馬さんの限界というよりも、日本人全体の限界かもしれません」

と応じているが、藤沢周平の『天保悪党伝』はまさに司馬と藤沢の違いを明瞭《めいりょう》に示す象徴的作品である。

藤沢が、「男にとって本質的に悪」だと会田の言う「女」を普通の男以上に好きだったかどうかは私は知らない。しかし、藤沢ファンに女の読者が多いことは確かである。それは女性ファンが極端に少ない司馬と比べるとはっきりする。

その理由には、司馬があくまでも女性を脇役というか従者としてしか登場させていないことも挙げられるだろう。それに対し、藤沢作品では主役としても登場する。たとえば、私との共著で『拝啓　藤沢周平様』（イースト・プレス）を出した江戸文化研究者の田中優子は藤沢の「榎屋敷宵の春月」（文春文庫『麦屋町昼下がり』所収）を挙げ、こう語る。

「これを読んでおもしろかったのは、女性を中心にして描いていること。田鶴《たづる》という女性がいて、その人が下級藩士のところにお嫁に行くんです。夫は出世したい。組頭から家老になるチャンスが訪れるんですが、ある日、自分の家の前でだれかに追いかけられ、刀で切られた旅姿の青年を田鶴が助ける。助けたあとに、その青年は殺されてしまう。だれに、なぜ殺されたのだろうと真実を追及していって、ついにその犯人をつきとめるのですが、でも、その結果は夫の出世に絡んでくる。女性中心の物語は非常に珍しいのですが、それはほかの作品の女性とそんなにイメージが違わないんです。

それは何かと言うと、強さがあって、男性に対してあまり要求がなくって、すぐ自分で物事を片づけるところです」

藤沢文学の魅力の一つは悪人、悪党を描いたことであり、それゆえに「男にとって本質的に悪」である女性の読者を獲得したことであると言ったら、女性ファンはもちろん、藤沢自身もけげんな顔をするだろうか。

いずれにせよ、藤沢作品の中の女の眼は鋭い。藤沢は『回天の門』で清河八郎の妻、お蓮に「男たち」をこう批判させている。


——男たちは……。

とお蓮は思う。なぜ天下国家だの、時勢だのと言うことに、まるでのぼせ上がったように夢中になれるのだろうか。いまにも刀を抜きかねない顔色で激論したり、詩を吟じて泣いたり出来るのだろうか。

あるとき、酒を運んで行ったお蓮は奇妙な光景を見ている。

山岡（鉄太郎・引用者注）を先頭に一列につながって輪を作った男たちが、奴凧《やつこだこ》のように肩をいからし、唄にあわせて、一歩踏みしめるたびに突っぱった肩を前につき出して、土蔵の中を歩きまわっていたのである。八郎もその中にいて、物に憑かれた顔で口を一杯に開き、肩をいからして床を踏みしめていた。お蓮を見ようともしなかった。

あとで八郎に聞くと、それは山岡が考え出した豪傑踊りというもので、伊牟田《いむた》や樋渡《ひわたり》らがあまりに血気にはやることを言うので、気を逸らすために踊らせたということだった。

善も悪も紙一重であり、生きることにおいてそれほど乖離《かいり》してあるものではない。多分、藤沢周平はそう思っていた。そして、自分の中に、はっきりと悪に惹《ひ》かれる心持ちがあることを意識していた。それでなければ、これほど生き生きと悪党たちを描けるはずがない。

河内山宗俊、片岡直次郎、金子市之丞、森田屋清蔵、くらやみの丑松、そして、おいらんの三千歳の六人の「悪党」の名は、読者にもなじみが深いだろう。二代目松林伯円で人気を博した「天保六花撰《てんぽうろっかせん》」という講談を、明治になって河竹黙阿弥が歌舞伎に移し替え、現在まで何度も演じられているからである。

それを藤沢が、いわば本歌取り的に描き直した。最大のワルの河内山宗俊でさえ、何か憎めない気がするのは、藤沢が根っからの悪人はいない、と思っているからだろうか。悪人にならざるをえない事情も藤沢は丹念に描く。つまりは生活《くらし》を書いていくのである。たとえ、悪党たちの手前勝手なものであっても、人は日常のくらしの中から、悪への動機を育てる。それを藤沢は裁かない。司馬遼太郎のように、一段上の位置から裁いたりはしないのである。

藤沢自身が悔い多い人生を送ってきたからでもあろう。昭和二年生まれの藤沢は、軍国少年として級友をアジり、一緒に予科練の試験を受けさせたりした悔いが、三十数年経っても消えないとして、こう書いている。

「以来私は、右であれ左であれ、ひとをアジることだけは、二度とすまいと心に決めた。近ごろまた、私などにはぴんと来る、聞きおぼえのある声がひびきはじめたようだが、年寄りが若いひとをアジるのはよくないと思う」

『藤沢周平短篇傑作選（巻一）』へ寄せた巻末エッセイ「『美徳』の敬遠」（『ふるさとへ廻《まわ》る六部は』所収）の中でそう警告を発し、

「私が書く武家物の小説の主人公たちは、大ていは浪人者、勤め持ちの中でも薄禄の下級武士、あるいは家の中の待遇が、長男とは格段の差がある次、三男などである。つまり武家社会の中では主流とは言えない、組織からの脱落者、あるいは武家社会の中で呼吸してはいるものの、どちらかといえば傍流にいる人びとなどを、主として取り上げているということである」

と告白しているが、悪党たちは傍流でさえないはみ出し者ということになるかもしれない。そうした人たちを、しかし、藤沢は突き放さない。

あえて言えば、河内山宗俊は私だ、森田屋清蔵も私だ、と思わせるほどに身近な者として藤沢は描いている。そこから痛いほどに伝わってくるのは悪人の魅力ではなく人間の魅力である。

天《てん》保《ぽう》悪《あく》党《とう》伝《でん》

新装版《しんそうばん》

藤沢周平《ふじさわしゅうへい》

角川文庫 16842

平成 五 年十一月 十 日 初 版 発 行
平成二十三年 五 月二十五日 改版初版発行

発行者—井上伸一郎
発行所—株式会社角川書店
東京都千代田区富士見二—十三—三
電話・編集 (〇三)三二三八—八五五五
〒一〇二—八〇七八

発売元—株式会社角川グループパブリッシング
東京都千代田区富士見二—十三—三
電話・営業 (〇三)三二三八—八五二一
〒一〇二—八一七七
http://www.kadokawa.co.jp

印刷所—旭印刷 製本所—BBC
装幀者—杉浦康平

定価はカバーに明記してあります。

ふ 12-1 ISBN978-4-04-190503-6 C0193

角川文庫発刊に際して

角川源義

第二次世界大戦の敗北は、軍事力の敗北であった以上に、私たちの若い文化力の敗退であった。私たちの文化が戦争に対して如何に無力であり、単なるあだ花に過ぎなかったかを、私たちは身を以て体験し痛感した。西洋近代文化の摂取にとって、明治以後八十年の歳月は決して短かすぎたとは言えない。にもかかわらず、近代文化の伝統を確立し、自由な批判と柔軟な良識に富む文化層として自らを形成することに私たちは失敗して来た。そしてこれは、各層への文化の普及滲透を任務とする出版人の責任でもあった。

一九四五年以来、私たちは再び振出しに戻り、第一歩から踏み出すことを余儀なくされた。これは大きな不幸ではあるが、反面、これまでの混沌・未熟・歪曲の中にあった我が国の文化に秩序と確たる基礎を齎らすためには絶好の機会でもある。角川書店は、このような祖国の文化的危機にあたり、微力をも顧みず再建の礎石たるべき抱負と決意とをもって出発したが、ここに創立以来の念願を果すべく角川文庫を発刊する。これまで刊行されたあらゆる全集叢書文庫類の長所と短所とを検討し、古今東西の不朽の典籍を、良心的編集のもとに、廉価に、そして書架にふさわしい美本として、多くのひとびとに提供しようとする。しかし私たちは徒らに百科全書的な知識のジレッタントを作ることを目的とせず、あくまで祖国の文化に秩序と再建への道を示し、この文庫を角川書店の栄ある事業として、今後永久に継続発展せしめ、学芸と教養との殿堂として大成せんことを期したい。多くの読書子の愛情ある忠言と支持とによって、この希望と抱負とを完遂せしめられんことを願う。

一九四九年五月三日